山水·審美·理趣

葛曉音 著

三聯人文書系
陳平原 主編

JPC HK

三聯人文書系

主　　編　陳平原
責任編輯　劉汝沁
書籍設計　鍾文君

書　　名　山水·審美·理趣
著　　者　葛曉音
出　　版　三聯書店（香港）有限公司
　　　　　香港北角英皇道四九九號北角工業大廈二十樓
　　　　　Joint Publishing (H.K.) Co., Ltd.
　　　　　20/F., North Point Industrial Building,
　　　　　499 King's Road, North Point, Hong Kong
香港發行　香港聯合書刊物流有限公司
　　　　　香港新界大埔汀麗路三十六號三字樓
印　　刷　美雅印刷製本有限公司
　　　　　香港九龍觀塘榮業街六號四樓A室
版　　次　二〇一七年二月香港第一版第一次印刷
規　　格　大三十二開（141×210 mm）二〇〇面
國際書號　ISBN 978-962-04-4097-7

總序

陳平原

老北大有門課程，專教「學術文」。在設計者心目中，同屬文章，可以是天馬行空的「文藝文」，也可以是步步為營的「學術文」，各有其規矩，也各有其韻味。所有的「滿腹經綸」，一旦落在紙上，就可能或已經是「另一種文章」了。記得章學誠說過：「夫史所載者，事也；事必藉文而傳，故良史莫不工文。」我略加發揮：不僅「良史」，所有治人文學的，大概都應該工於文。

我想像中的人文學，必須是學問中有「人」——喜怒哀樂，感慨情懷，以及特定時刻的個人心境等，都制約着我們對課題的選擇以及研究的推進；另外，學問中還要有「文」——起碼是努力超越世人所理解的「學問」與「文章」之間的巨大鴻溝。胡適曾提及清人崔述讀書從韓柳文入手，最後成為一代學者；而歷史學家錢穆，早年也花了很大功夫學習韓愈文章。有此「童子功」的學者，對歷史資料的解讀會別有會心，更不要說對自己文章的刻意經營了。當然，學問千差萬別，文章更是無一定之規，今人著述，盡可別立新宗，不見得非追韓摹柳不可。

錢穆曾提醒學生余英時：「鄙意論學文字極宜着意修飾。」我相信，此乃老一輩學者的共同追求。不僅思慮「説什麼」，還在斟酌「怎麼説」，故其著書立説，「學問」之外，還有「文章」。當然，這裡所説的「文章」，並非滿紙「落霞秋水」，而是追求佈局合理、筆墨簡潔，論證嚴密；行有餘力，方才不動聲色地來點「高難度動作表演」。

與當今中國學界之極力推崇「專著」不同，我欣賞精彩的單篇論文；就連自家買書，也都更看好篇幅不大的專題文集，而不是疊床架屋的高頭講章。前年撰〈懷念「小書」〉的短文，提及「現在的學術書，之所以越寫越厚，有的是專業論述的需要，但很大一部分是因為缺乏必要的剪裁，以眾多陳陳相因的史料或套語來充數」。外行人以為，書寫得那麼厚，必定是下了很大功夫。其實，有時並非功夫深，而是不夠自信，不敢單刀赴會，什麼都來一點，以示全面；如此不分青紅皂白，眉毛鬍子一把抓，才把書弄得那麼臃腫。只是風氣已然形成，身為專家學者，沒有四五十萬字，似乎不好意思出手了。

類似的抱怨，我在好多場合及文章中提及，也招來一些掌聲或譏諷。那天港島聚會，跟香港三聯書店總編輯陳翠玲偶然談起，沒想到她當場拍板，要求我「坐而言，起而行」，替他們主編一套「小而可貴」的叢書。為何對方反應如此神速？原來香港三聯書店向有出版大師、名家「小作」的傳統，他們現正想為書店創立六十週年再籌劃一套此類叢書，而我竟自己撞到槍口上來了。

記得周作人的《中國新文學的源流》一九三二年出版，也就五萬字左右，錢鍾書對周書有所批評，但還是承認：「這是一本小而可貴的書，正如一切的好書一樣，它不僅給讀者以有系統的事實，而且能引起讀者許多反想。」稱周書「有系統」，實在有點勉強；但要說引起「許多反想」，那倒是真的——時至今日，此書還在被人閱讀、批評、引證。像這樣「小而可貴」、「能引起讀者許多反想」的書，現在越來越少。既然如此，何不嘗試一下？

早年醉心散文，後以民間文學研究著稱的鍾敬文，晚年有一妙語：「我從十二三歲起就亂寫文章，今年快百歲了，寫了一輩子，到現在你問我有幾篇可以算作論文，我看也就是有三五篇，可能就三篇吧。」如此自嘲，是在提醒那些在「量化指標」驅趕下拚命趕工的現代學者，悠着點，慢工方能出細活。我則從另一個角度解讀：或許，對於一個成熟的學者來說，三五篇代表性論文，確能體現其學術上的志趣與風貌；而對於讀者來說，經由十萬字左右的文章，進入某一專業課題，看高手如何「翻雲覆雨」，也是一種樂趣。

與其興師動眾，組一個龐大的編委會，經由一番認真的提名與票選，得到一張左右文絀的「英雄譜」，還不如老老實實承認，這既非學術史，也不是排行榜，只是一個興趣廣泛的讀書人，以他的眼光、趣味與人脈，勾勒出來的「當代中國人文學」的某一側影。若天遂人願，舊雨新知不斷加盟，衣食父母繼續捧場，叢書能延續較長一段時間，我相信，這一「圖景」會日漸完善的。

最後，有三點技術性的說明：第一，作者不限東西南北，只求以漢語寫作；第二，學科不論古今中外，目前僅限於人文學；第三，不敢有年齡歧視，但以中年為主——考慮到中國大陸的歷史原因，選擇改革開放後進入大學或研究院者。這三點，也是為了配合出版機構的宏願。

二〇〇八年五月二日
於香港中文大學客舍

目錄

自序

從上世紀七十年代末開始，山水詩就成為古典詩歌研究的一個熱點。詩歌美學、詩與禪等話題都是圍繞着這個題材展開的。這大概是因為在五六十年代，山水詩人向來被視為消極避世的批判對象。所以在撥亂反正的改革開放之初，山水詩最先受到人們的關注。就中國古代詩歌的各種題材類型來說，山水詩無疑最能代表中國士大夫傳統的審美趣味，藝術成就也最高。但是學者們對它的認識，卻有一個不斷深化的過程。八十年代的相關研究，主要是考證山水詩人的生平行跡，評述山水詩的藝術特色，涉及信佛的詩人如王維時，便引用佛經來解釋其詩中的理趣，後來又發展到以禪境來解釋其意境。我在研究王維與神韻說、南宗畫的關係時，也開始關注東晉玄學對山水的影響，但是總覺得說不清楚，深入不下去。原因在於不敢碰學界視為山水詩母胎的玄言詩。八十年代末我收到遼寧大學出版社的約稿信，邀我撰寫《山水田園詩派研究》一書。這才下決心深入到玄言詩中去搞清楚詩中的玄言究竟包含什麼理，與山水詩究竟是什麼關係。由此開頭，引出了對於山水田園詩的精神旨趣和審美觀照方式的思考，並以此作為研究晉宋到中唐山水田園詩藝術發展過程的出發點，感到確實有助於加深對許多作家作品的理解。該書出版以後，我仍然覺得還有不少問題沒有徹底解決。於是繼續探索盛唐山水詩中蘊含的理趣，發現「獨往」和「虛舟」的理念雖然源自《莊子》，但在六朝到唐代被佛教吸收，對山水詩中興悟的觸發和意境的營造有直接影響。接着，又注意到中唐以後山水詩的創作環境有重大變化，州縣官的郡齋代替初盛唐的別業，成為吏隱和吟詠山水的新環境。而支撐這種生活方式的理念就是東晉時已經產生的「適足」觀念，但在中晚唐有了更充分的發展。於是這些問題就自然聯繫起來，構成了本書五篇論文的系列。貫穿其中的主線就是東晉玄學與山水詩及其審美特徵的關係。

山水詩正式成為一種獨立的題材和客觀的審美對象，是在東晉時期。由於玄學思潮的催化，人們在觀察山水和描寫山水的過程中探索自然的理念，遂使山水詩從它誕生之初，就帶上了濃厚的哲學色彩。本書五篇論文所考察的主要是玄學中三方面的理念對山水詩的影響：

首先是回歸自然，與造化冥合為一，這是中國山水詩的基本精神；與此相應，澄懷觀道、靜照忘求，則是中國山水詩獨特的審美觀照方式。這種精神旨趣和審美觀照方式來自莊子的自然觀，以及玄學家和佛家所說的「虛靜」和「玄鑒」。所謂「澄懷觀道」，是晉宋時期宗炳所說，意為詩人要讓自己的情懷、意念變得非常清澄，沒有一絲一毫的雜念，在這樣的狀態下才能體會山水中蘊藏的自然之道。所謂「靜照忘求」，是王羲之所說，意為在深沉靜默的觀照中「坐忘」，忘記一切世俗的欲求。讓心靈變得像一面晶瑩的鏡子，能映照出完整的自然，達到心靈與萬化冥合的境界。由於這種審美觀照方式要求詩人在觀照萬物時具有清明、虛靜的心境，使空間萬象在心靈的鏡子中變為一片澄澈的世界。因而從晉宋到盛唐山水詩人的審美趣味普遍以清朗空靜為上。

其次是東晉時提出的一個玄學命題「適足」。兩晉玄學家認為「適」是順應自然本性，無待於物的逍遙自在的精神狀態。「足」是老子早就說過的「知足之足常足矣」，但莊子並沒有把「適」和「足」聯繫在一起。「適足」的提法是由於東晉高僧支遁對《逍遙遊》作了不同於向秀、郭象的新解以後才出現的。他指出《莊子》提倡「無待於物」，主要是「明聖人之心」。人首先對物要做到「至足」，其次是「足於所足」，從心理上滿足已經足夠的物，就會逍遙自在。「適足」的理論使人們對於物質世界持一種超然的態度，只要有這種態度，就可以達到「無往而不適，無待而不足」的境界。晉宋到盛唐的文人主要是在閒遊山水的生活中體會這種理趣。而到中唐以後「適」的含義逐漸豐富，在遊覽、閒居情景中的「適性」、「適意」和「自適」，除了表現遠離塵俗的寧靜心境以外，同時也發展成為一種安於貧賤、自甘淡泊的人生態度。尤其白居易和蘇軾對「適足」的內涵發揮得最為充分。

第三是明清詩論家所指出的山水詩中的「泠然獨往」之趣。「獨往」出自《莊子》，原指在精神上獨遊於天地之間，不受任何外物阻礙的極高境界。後來道士修煉，僧人出家也可稱「獨往」。士人們多用來表現隱居的心跡或行為，即使是暫時的遊憩於山林，也可以稱「獨往」。盛唐人對於「獨往」的理解是更偏重於將精神和形跡分開的。與之相關的還有「虛舟」，也出於《莊子》。「虛舟」的含義非常豐富，既與「獨往」相關，也有其獨立的意蘊。莊子本意是論人生在世如何去除憂患，以兩船相觸作為比喻，虛舟來觸，即使心地最偏狹的人也不會發怒；船上如果有人，則惡聲相向，原因在虛與實的差別，由此引申出人如果能處世無心，聽任外物，自由自在地遊於廣漠太虛之境，那麼即使被外物所觸忤，也沒有傷害了。由此聯繫到「泛若不繫之舟」，強調人應當無欲無求，去除巧智，讓自己心地空虛，就可以遨遊於大自在之境。「虛舟」和「不繫舟」在唐代詩文中的使用也有多種語境。第一種比喻人胸懷虛曠，沒有欲求，可以像虛舟一樣自由飄遊於浩然之境。這是莊子的原意，與「獨往」的境界相通，因為「獨往」也是出入六合，自由遨遊。只是「虛舟」更側重在人的心境虛空和不受羈絆。第二種語境是以虛舟比喻處世應物的態度。第三種語境是傷悼人的去世。人生在世如同過客，轉眼即逝，如虛舟般不知所往。第四種語境指人生在世到處飄流無定的行跡。

以上所說三方面的理念，歸根到底都是對大道的體悟，只是「澄懷靜照」側重在觀照自然時道心的空靜澄明；「無往而不適」側重在隨性而行的愜意和隨遇而安的心態；「獨往」側重在獨遊山林的行跡以及沉冥中收視反聽的狀態，「虛舟」和「不繫舟」更重在飄然不羈的自在意趣。玄學和佛學在這三方面都有相通之處。盛唐山水詩中的這些道心和理趣雖然可以在詩的意境中領會，但詩人絕不是刻意借景以寄託玄理。盛唐山水詩皆由直尋興會而得，即對景物有所感悟，便構成詩境。所謂感悟也並非玄理的頓悟，而是對眼前意境的領悟和一時興致的觸發。倘若所遇情景恰好能令人生出道心，那麼詩人在意境構造中是有自覺意識的，因而能令識解的讀者在詩境中體會出更深的一層理趣，這也是「妙悟」的另一種含意。同時，「無往不適」、「獨往」、「虛舟」等雖然是玄理的概念，但由於其本身就是形象的比喻，含義又為眾所周知，可以自然地轉化為一種幽適之境和自在之趣，即使沒有刻意寄託，也能引發有關哲理的聯想。因此這類玄理在詩境中猶如水中之鹽，不見其跡而唯有言外之味，使盛唐山水詩在優美的意境之外別具神韻。

瞭解以上玄学理念與山水詩意境的關係，不但可以加深我們對山水詩中所含哲學意蘊的理解，把握唐代山水詩意境清空、富有神韻的原因，領會明清詩論中「妙悟說」的實際意指，而且可以從這一個特殊角度理解中國人文精神重視自然的特質。蘇軾之所以在歷代詩人中最為推崇陶淵明、王維、韋應物、柳宗元這一系列的詩人，也與他對山水文學中包含的哲學理念有深刻的理解有關。由於這些理念在蘇軾的詩文中處處都與另一個終極性問題密切有關：

即如何對待人生短暫和宇宙永恆的矛盾和煩惱？因此又可以從東晉玄學中抽出另一個命題，即如何認識「一朝」和「千載」的對立統一。這個命題本來是蘭亭詩人討論「適足」和「觀道」的出發點，與山水審美意識的產生交織在一起。而其中的邏輯關係，其實是在蘇軾的《前赤壁賦》、《超然台記》及許多詩文中，才得到最清晰透徹的闡發。因此本書五篇論文以〈蘇軾詩文中的理趣〉作為殿後，更容易看出他對以上幾方面的玄學理趣實際上是做了全面的總結。

最後要說明的是：上述所有這些理念的交融，都必須追溯到《蘭亭詩》。所以本書五篇論文中，有三篇論及《蘭亭詩》和《蘭亭序》的意義，及其與以上三方面理念的關係。儘管這次結集，對這幾篇論文都作了幅度不等的修改，但考慮到每篇解釋《蘭亭詩》的側重點都不同，從論證步驟來說，不能刪除太多。所以集中到一本小書裡，難免有反復論證之嫌，這是要向讀者致歉的。

二〇一六年十月二日於北京

東晉玄學自然觀向山水審美觀的轉化

——兼論支遁注《逍遙遊》新義

中國山水田園詩的基本精神是回歸自然，與造化冥合為一。但從先秦以來，山水與世界萬物一樣，都只是哲學家們認識自然的一種物質媒介。「自然」是一個抽象的理念，指的是一切非人為的、天然的存在，既可包括自然界，也包含人的自然天性，並未與山水田園等同起來。因此晉宋以前涉及山水、田園的詩歌，儘管有的也歸結到超塵離俗、縱情物外的思想，但尚未形成「寄情山水田園即與自然體合為一」的明確觀念。那麼，自然與山水之間的等號是如何劃上的呢？換言之，「自然」從哲學的理念轉入審美的範疇，這個過程是怎樣完成的呢？這是一個值得研究的問題。

一

沖靜自然、超然物外，與萬化冥合為一，主要是老莊的思想，這固然是山林隱逸的一個重要思想根源，但儒家用舍行藏、舒卷自如的處世原則，也可以促使士人歸隱。孔子早就說過：「邦有道，則仕。邦無道，則可卷而懷之。」【一】又說：「賢者辟世，其次辟地。」【二】孟子又進而提出了「達則兼濟天下，窮則獨善其身」。【三】魏晉以前，不少隱士都是本着孔孟的這種思想遁跡山林的。西晉陸機、左思、張載的《招隱詩》雖然借用了老莊「逍遙」、「至樂」的說法，但大體上還是依據不得富貴便卷懷獨善，以及蔑棄澆偽世俗、追求風俗淳樸的儒家觀念。在山水詩大量湧現之前，主要本於老莊的方外之隱的思想實際上更多地體現在遊仙詩裡。「方外」一詞，出於《莊子・內篇・大宗師》：「孔子曰：『彼，遊方之外者也，而丘，遊方之內者也。』」【四】佛教傳入之前，方外之人主要是神仙家和方士。遊仙詩在西漢時便已大量出現，漢樂府中有不少描寫求仙採藥的詩歌，都是在漢代迷信神仙方士的背景下產生的。西漢求仙重在尋仙人之跡，遣方士求神採藥，東漢則出現了更多的自稱神仙、身懷異術的方士，以推行補導、煉養等延年益壽的方法取信世人。所以遊仙詩的內容幼稚而簡單，尚無深刻的哲學意蘊。建安曹氏父子繼承了漢樂府遊仙詩的傳統題材，而思想內容則轉為複雜。他們對神仙方士抱着半信半疑的態度，有的只是借遊仙的幻境表現自己希望從現實中解脫的心情。這類詩作促使遊仙詩的內容從漢代帝王貴族單純的求仙向抒寫離世隱遁之志轉化。到阮籍、嵇康筆下，遊仙便

【一】《論語・衛靈公》，見朱熹撰：《四書集注》（北京：中華書局，一九八三年），頁一六三。

【二】《論語・憲問》，見《四書集注》，頁一五八。

【三】《孟子・盡心上》，見《四書集注》，頁三五一。

【四】郭慶藩輯：《莊子集釋》（北京：中華書局，一九六一年），卷三上，《大宗師》第六，頁二六七。

成為談論玄理的詩體。屢屢借遊仙抒寫出世以求「沖靜得自然」的志向，[一]遂使遊仙詩成為表現老莊棄世絕俗思想的重要題材。這一轉變，與漢末道教的形成有關。道教在神仙方術的基礎上，吸取黃老之言和易象作為哲學的主體，奉道家思想為本。而魏晉時興起的玄學，本來就是老莊哲學，因此遊仙詩中出現談玄的傾向，與神仙道教尊崇老子的做法是一致的。

然而仙境雖在方外，卻並不等於山林隱逸。將老莊的自然之道與仙境、山林聯繫起來，關鍵的一步在於郭象的《莊子注》。玄學從魏晉後期產生以來，雖以名教與自然的關係作為最重要的哲學命題來討論，但「自然」只是指人的行為不受禮法的束縛，逍遙自在，任性而行，不一定非要遁跡山林不可。當時大談老莊自然之道的士大夫並無真正隱逸山林的打算，所以郭象在《莊子．內篇．逍遙遊》「藐姑射之山」一節的注文中，相應地提出了「夫聖人雖在廟堂之上，然其心無異於山林之中」的說法。[二]這話與西漢時東方朔所說「陸沉於俗，避世金馬門，宮殿之中可以避世全身，何必深山之中，蒿廬之下」的意思表面上相同，[三]但東方朔之意主要是說只要心與世違，即使在宮殿之中也可以避禍。而郭象則是為享有政治經濟特權的士大夫不問俗務、優遊終日的行為尋找理論根據。值得注意的是郭象在這裡雖是強調身「在廟堂之上」，「調停堯、許之間，不以山林獨往者為然，與漆園宗旨大相乖謬」，[四]但已將山林與「藐姑射之山」的神人之境等同起來，而且以老莊心遊自然的思想為前提，這就為郭璞的《遊仙詩》提供了玄學依據。郭璞在他的《遊仙詩》其一中說：「京華遊俠窟，山林隱遁棲。朱門何足榮，未若託蓬萊。臨源挹清波，陵岡掇丹荑。靈溪可潛盤，安事登雲梯。」【五】詩中以朱門和蓬萊作兩層對照，先說出世為仙的可羨，然後又指出山林隱棲中自有仙境，何必真去求仙。其三以「綠蘿結高林，蒙籠蓋一山」的隱居環境烘托出山中一個冥寂超脫的隱士形象，便將虛幻的仙境變成了實在的山林，創造出老莊所理想的高蹈塵外，更超出於夷、齊這類避世之士以上的境界。

郭璞遊仙詩向玄談的轉化，首先與他本人精通陰陽曆算及卜筮等方術有關。同時也與當

【一】嵇康：《述志詩》二首其一，見戴明揚撰：《嵇康集校注》（北京：人民文學出版社，一九六二年），頁三七。

【二】郭象：《莊子．逍遙遊注》，見《莊子集釋》卷一上，頁二八。

【三】引自逯欽立輯：《先秦漢魏晉南北朝詩》（北京：中華書局，一九八三年），「漢詩」卷一，頁一〇一。

【四】余嘉錫：《世說新語箋疏．言語》（上海：上海古籍出版社，一九九三年修訂本），余嘉錫箋疏（一）按語，頁八〇。

【五】（梁）蕭統編、（唐）李善注：《文選》（上海：上海古籍出版社，一九八六年），卷二一，頁一〇一八、一〇一九。

時好尚玄理的名士都篤信道教，而道教中人也注意精研玄理的風氣有關。我在《八代詩史》中曾論及郭璞對遊仙詩的主要變革，乃是變仙境為隱居，從此為詠懷組詩開出借遊仙詠隱逸又融入玄理的一種境界。他以《易經》卦辭等陰陽道家之言入詩的做法，則被東晉玄言詩人所吸取，為永嘉以後已經興起的玄言文風推波助瀾。梁人劉孝標在《世說新語．文學》注裡引《續晉陽秋》說：「至過江佛理尤盛。故郭璞五言始會合道家之言而韻之，詢及太原孫綽轉相祖尚，又加以三世之辭，而詩騷之體盡矣。」這段話有版本的差異，〔二〕但可以確認的是引文認為東晉孫綽、許詢這兩大玄言詩的領袖實是祖尚郭璞，這話應當從郭璞寓玄理於遊仙隱逸的角度來理解，而東晉玄言詩的興起則與佛理的興盛及其與玄學的合流有關。現在看來，我原來的結論雖然大體不錯，但仍然沒有搞清玄言詩中的「道家之言」即遊仙內容如何向佛理轉化的關鍵。劉孝標所引《續晉陽秋》這段話始終未得確解的癥結也在這裡。最近我從僧道與玄言山水的關係這一角度，對東晉文學重作考察，發現了一個被忽略的重要現象，這就是東晉前期道教在士大夫中的流行，及其對山水文學的影響。而這一環節正是玄言詩由郭璞的道家之言開頭而最後卻以佛理結束的重要原因。

如果將東晉士人與僧道的交往排一個年表，大致可以看出，玄言詩的發展約分三個時期。第一個時期為過江之初。這一時期，清談之風很盛，主要以向秀和郭象的《莊子注》為依據。郭象說：「天地者，萬物之總名也，天地以萬物為體，而萬物必以自然為正，自然者，不為而自然者也。」「不為而自能，所以為正也，故乘天地之正者，即是順萬物之性也。」【二】這裡所說的「自然」雖然仍是不為自能的意思，但因為自然是萬物的天性，也就很容易形成天地萬物體現自然之道的觀念。郭象從《逍遙遊》原文出發，指出至人能順萬物之性，「無待於物」。郭璞又在《客傲》等文章中用易象變化來解釋莊子「不物物我我，不是是非非」的思想，並提出「無岩穴而冥寂，無江湖而放浪」，【三】基本上還是發揮郭象所說「為能無待而常通」（此說詳見本文第二節）的意思。郭璞的《遊仙詩》在過江之初產生了較大的影響，如孫綽的《遊天台山賦》，表示要遠行以「仍羽人於丹丘，尋不死之福庭」。【四】庾闡的《遊

【一】余嘉錫：《世說新語箋疏．文學》，頁二六二。劉孝標注引《續晉陽秋》，其中「至過江佛理尤盛」句，余嘉錫據《文選集注》卷六二作「至過江李充尤盛」。本文引文仍據各本作「佛理」。又據頁二六五，余嘉錫注（三）按《文選抄》「三世之辭」之前有「釋氏」二字，「三世」指佛家輪迴之說。版本雖有不同，但都指出玄言詩含道家及佛家之言辭。

【二】郭象：《莊子．逍遙遊注》，見《莊子集釋》卷一上，頁二〇。

【三】郭璞：《客傲》，見嚴可均：《全上古三代秦漢三國六朝文》（北京：中華書局影印光緒年間王氏刻本，一九五八年），「全晉文」卷一二一，頁二一五二。

【四】孫綽：《遊天台山賦》，見《全上古三代秦漢三國六朝文》「全晉文」卷六一，頁一八〇六。

仙詩》十首及《採藥詩》等，主旨與郭璞詩相似，更接近於道教詩，內容均為遊仙、山林與玄言的結合。除了庾闡、孫綽外，王羲之父子、桓玄、殷仲堪、湛方生等許多著名文人，甚至包括晉簡文帝在內，都深信學道可以登仙。他們愛好服食養生的時尚，也是出於信奉道教的緣故。造成這一風氣的重要原因是道教中茅山道派的興盛。茅山道派的始祖可追溯到鬼谷子，春秋末年茅濛師事鬼谷先生，遁跡華山，其曾孫茅祚生三子：茅盈、茅固、茅衷。茅盈後在句曲山得道，二弟隨其學道，都成了神仙。句曲山亦因之改名茅山。茅山道派正式形成體系，始自東晉的許邁和楊羲。許邁年輩較長，王羲之父子篤信道教，與他結為世外之交，還為之作傳，述其靈異之跡。其弟許謐，久承晉簡文帝垂顧，「與時賢多所儔結」。[二]楊羲出生較晚，曾寫作了大量的神仙道教詩，但已與郭璞《遊仙詩》宗旨不類。郭璞《遊仙詩》其二歌頌的就是茅山道派始祖鬼谷子。許邁年幼時又曾向郭璞學道，據此可以推想郭璞也是道教中人，與茅山派有較深的關係。其《遊仙詩》在過江之初發生較大的影響，正是借道教得以深入士大夫之心。所以東晉時期雜有遊仙內容的詩賦較多，而且已出現山水描寫的成分。詩中的「岩棲先生」，有的是俯仰丘園的隱士，有的是餐霞絕谷的道士，即使在山中修煉，離親絕俗，也並非處於抽象的仙境之中。所寫景物均按遊覽順序羅列沿途所見，已經具備謝靈運山水詩賦的結構。其中有的間雜成段的玄言，如孫綽的《遊天台山賦》。可見這些詩賦所反映的主要是東晉士人學道養生的生活。《續晉陽秋》說孫綽、許詢祖尚郭璞，應是指他們在當時普遍學道養生的風氣中，將郭璞《遊仙詩》中有關道教的內容，以及《易經》卦辭吸取到玄言詩裡的這一事實。

二

遊仙學道的生活雖與山水有緣，但並未促使山水詩在短期內大量湧現。直到佛理和玄言結合以後，人們才產生了對山水的自覺審美意識。

過江之初，佛教也在士大夫中傳播開來，有通道而不信佛者如桓玄，也有佛道兼奉者如孫綽。所以孫綽以尋仙訪道為主旨的《遊天台山賦》也夾雜着佛家的「無生」、「色空」之說。實際上當時大多數人根本分不清佛道之間的具體差別。如湛方生甚至在《廬山神仙詩序》裡有聲有色地描繪了一個「沙門」大白天揮着錫杖、「凌崖直上」、輕舉飛升的新聞。【二】這可能

【一】《正統道藏》（台北：新文豐出版公司，一九七七年），第三十五冊《真誥》，卷二十「真冑世譜」，頁一八二。

【二】見湛方生：《廬山神仙詩序》，《全上古三代秦漢三國六朝文》「全晉文」卷一四〇，頁二二七〇。

是因為佛道二教都在發展的初期，都要借玄學來傳播，加之佛教徒也都好尚清談，而且模仿道士登山採藥。當時尚玄的士大夫，既慕佛理，又羨長生，於是就將釋、道與玄學都混為一談了。不過，士大夫們的玄談到東晉中期傾向於佛理，關鍵還在於支遁所注的《逍遙遊》，「支卓然標新理於二家（向秀、郭象）之表」，【一】使士大夫傾倒一時。例如王羲之原不認識支遁，由孫綽介紹給他，「王本自有一往雋氣，殊自輕之」，後因聽支遁論《逍遙遊》，「作數千言，才藻新奇，花爛映發。王遂披襟解帶，留連不能已」。【二】

支遁的新理究竟是什麼呢？目前學術界尚未作出明確的解釋。陳寅恪先生《逍遙遊向郭義及支遁義探源》一文推測，支遁「借用道行般若之意旨，以解釋莊子之逍遙遊，實是當日河外先舊之格義。但在江東，則為新理耳」。【三】結論很含糊，並未説出新在何處。《世説新語箋疏·文學》中劉孝標注將向、郭和支遁兩段注並列，謂「向子期、郭子玄《逍遙義》曰：『夫大鵬之上九萬，尺鷃之起榆枋，小大雖差，各任其性。苟當其分，逍遙一也。然物之芸芸，同資有待，得其所待，然後逍遙耳。唯聖人與物冥而循大變，為能無待而常通，豈獨自通而已。又從有待者不失其所待，不失，則同於大通矣。』支氏《逍遙論》曰：『夫逍遙者，明至人之心也。莊生建言大道，而寄指鵬、鷃。鵬以營生之路曠，故失適於體外；鷃以在近而笑遠，有矜伐於心內。至人乘天正而高興，遊無窮於放浪：物物而不物於物，則遙然不我得，玄感不為，不疾而速，則逍然靡不適。此所以為逍遙也。若夫有欲當其所足，足於所足，快然有似天真。猶飢者一飽，渴者一盈，豈忘烝嘗於糗糧，絕觴爵於醪醴哉？苟非至足，豈所以逍遙乎？』此向、郭之注所未盡。」[四]可惜也沒有說出未盡之處何在。我以為，比較郭象與支遁的注文，可以看出兩點差別：首先是對「無待於物」的看法有異；其次是支遁所說「足於所足」的觀念雖以老子所說「知足之足常足矣」為本，[五]但不見於《莊子》一書，亦為向、郭之注所不及。

首先看對於「無待於物」的理解差別：莊子認為最高的自然是「無待於物」，這樣才能達到「適」的境界，這一思想集中體現在他的《逍遙遊》裡。郭象注指出聖人與「物之芸芸」的根本差異在於芸芸眾物「同資有待」，而聖人則「為能無待而常通」，這是合乎莊子本意

【一】余嘉錫：《世說新語箋疏．文學》，頁二二〇。
【二】余嘉錫：《世說新語箋疏．文學》，頁二二三。
【三】陳寅恪：〈逍遙遊向郭義及支遁義探源〉，見《金明館叢稿二編》（上海：上海古籍出版社，一九八三年），頁八八。
【四】余嘉錫：《世說新語箋疏．文學》，頁二二〇。
【五】見朱謙之撰：《老子校釋》（北京：中華書局，一九八四年），第四十六章，頁一八八。

的。但他又補充一點說：「從有待者不失其所待，不失，則同於大通矣。」則是從現實需要作出的解釋。因為在現實生活中，士大夫們根本就做不到無待於物。郭象認為有待者不失所待可以與無待者一樣達到「大通」的境界，【一】企圖把有待和無待等同起來，其邏輯是比較勉強的。郭象自己也意識到這個問題，所以他在這段注文後面緊接着又說：「故有待無待，吾所不能齊也。……夫無待猶不足以殊有待，況有待者之巨細乎？」【二】既不能把有待和無待齊觀，又不能把有待和無待區別開來，更分不出有待者的大小。郭象自己承認的這種邏輯缺陷的根源在於他不能違背莊子的「無待於物」的原意，但又要設法為有待者同於大通找到其理據。

支遁則從《莊子》的其他篇章中拈出「物物而不物於物」【三】這個概念來解釋逍遙的境界。《莊子·外篇·在宥》說：「夫有土者，有大物也。有大物者，不可以物；物而不物，故能物物。明乎物物者之非物也，豈獨治天下百姓而已矣！」【四】郭象認為這裡是以國土為例，說明有大物的人，不能把物當物來用，只有用物而又不用物的人，才能真正用物。可見善於用物的人不為物所用。但「物物」之意，不僅指「用物」，《莊子集釋》卷四引「家世父曰」解釋這段文字說：「有物在焉，而見以為物而物之。終身不離乎物。所見之物愈大，而身愈小。不見有物而物皆效命焉。夫見不見有物，又奚以物之大小為哉？」【五】認為莊子之意是把以物為物和不以物為物等而觀之，是有道理的。《莊子·外篇·知北遊》就說：「物物者與物無際，而物有際者，所謂物際者也。不際之際，際之不際者也。謂盈虛衰殺，彼為盈虛非盈虛，彼為衰殺非衰殺，彼為本末非本末，彼為積散非積散也。」【六】可見這裡所說的「物物」就是指善於以物為物。第二個「物」字泛指一切事物，不僅指國土這樣具體的大物，也包括盈虛本末積散這類觀念形態的東西。而第一個「物」則是當動詞用，意思是把所有這些事物都當物看。但是莊子認為真正的「物物」是不物於物，物既有際，也無際，不物於物不僅是不為物所用，根本就是視一切「物」為非物。把這幾段文字聯繫起來看，莊子已經在「物物」和「不物於物」之間劃了等號。支遁巧妙地將這一觀念移入《逍遙遊》中關於「無待於物」的解釋，將無待和有待等同起來，首先強調要「物物」，即善於憑藉於物，有待於物；其次是在心理上不以物為物，即心不役於物，把「物物」和「不物於物」等同起來。也就是說，所謂無待於物，

【一】大通：指與萬物之道相通。《莊子．外篇．秋水》：「始於玄冥，反於大通。」見《莊子集釋》卷六下，頁六〇一。

【二】見《莊子集釋》卷一上，《逍遙遊》第一，頁二〇。

【三】見《莊子集釋》卷七上，《山木》第二十，頁六六八。

【四】見《莊子集釋》卷四下，《在宥》第十一，頁三九四。

【五】見《莊子集釋》卷四下，《在宥》第十一，頁三九四。

【六】見《莊子集釋》卷七下，《知北遊》第二十二，頁七五二。

並非在實際生活中真的無待，而只是在心理上無待。所以他一開頭就點明所謂逍遙，主要是「明聖人之心」，也就是在心理上達到的一種「適」的境界。這個道理，如同佛教中所說的「色即是空，空即是色」。支遁的佛學本來就是主攻即色義，認為「色不自有，雖色而空」，「色即為空，色復異空」。【一】這種徹底的相對主義就跨過了向、郭之注未能逾越的邏輯障礙，徹底地把有待和無待等同起來了，又在莊子著作中有據可尋，也更切合士大夫的實際需要。這就是用佛理所闡發的《逍遙遊》的新義所在。

其次，根據這一新理，支遁又進一步提出，只有保證客觀物質的「至足」，才能談得上逍遙，就是要「物物」、「至足」，並能滿足於已滿足的物質，自然天真快活，這種「快然有似天真」的境界就是「適」。前人對於支遁的「至足」，有不同解釋，王睿夜認為「至足」是指「至理內足，無時不適，止懷應物，何往不通」。唐人成玄英認為此非支遁本意。【二】我認為這裡所說的「至足」是以「物物」為前提的，並非僅指「至理」。聯繫他下文所說「足於所足」的論述以及所舉大鵬之例和「猶飢者一飽，渴者一盈，豈忘烝嘗於糗糧，絕觴爵於醪醴哉」這段話來看，他認為所謂「適」的前提是保證物的至足，並非忘記物的必要性。所以他說大鵬因為失其營生之路，即失其所待，才失去了「適」。如果不是「至足」，就不可能在心理上達到不以物為物的境界，就不可能逍遙。從東晉的一些詩文來看，當時文人顯然普遍接受了支遁所說的「適」和「至足」的新義。王羲之在《三月三日蘭亭詩序》裡說：「夫人之相與，俯仰一世，或取諸懷抱，晤言一室之內；或因寄所託，放浪形骸之外。雖趣舍萬殊，靜躁不同，當其欣於所遇，暫得於己，快然自足，曾不知老之將至。」【三】顯然是就蘭亭修禊一事發揮了支遁的新理。說穿了，「欣於所遇，暫得於己」，也就是因隨遇而足而欣然自得。所以「足於所足」，其實就是滿足於士大夫們已經獲得的一切眼前的享受。戴逵的《閒遊贊》說得最明白：「況物莫不以適為得，以足為至。彼閒遊者，奚往而不適，奚待而不足。故蔭映岩流之際，偃息琴書之側。寄心松竹，取樂魚鳥，則淡泊之願於是畢矣。」【四】既然物莫不以適和足為自得的最高境界，那麼在閒遊中無疑是最容易體會這種何往而不適、何待而不足的道理的。戴逵的這番話說透了支遁的新理對於推動山水遊賞的直接作用。所以後來的山水田園詩人都從這一點上加以發揮，如王績《答程道士書》說：「昔孔子曰『無可無不可』……老子曰『同謂之玄』……

【一】支遁《妙觀章》，見《全上古三代秦漢三國六朝文》「全晉文」卷一五七，頁二三六六。

【二】見《莊子集釋》卷一上附成玄英《莊子序》，頁三〇、三一。

【三】王羲之：《三月三日蘭亭詩序》，見《全上古三代秦漢三國六朝文》「全晉文」卷二六，頁一六〇九。

【四】戴逵：《閒遊贊》，見《全上古三代秦漢三國六朝文》「全晉文」卷一三七，頁二二五〇。

釋迦曰『色即是空』……萬殊雖異，道通為一。故各寧其分，則何異而不通？……順適無閡，故能遊不擇地。」【一】這段話找出儒、道二家與「色即是空」的佛理相通的思想，用以解釋「適」的根本在於「各寧其分」，也就是足於所足。只要順乎無往不適、無待不足的道理，人就可以不擇地而遊。王績以此解釋他「屏居獨處」、「蕭然自得」的心境。而後來王維又在《與魏居士書》中用這番道理批評陶淵明因衣食不足導致「屢乞而多慚」，並為自己的亦官亦隱辯解：「孔宣父云，我則異於是，無可無不可。可者適意，不可者不適意也。……苟身心相離，理事俱如，則何往而不適。」【二】「身心相離、理事俱如」八個字可說是對支遁所謂「物物而不物於物」作了最透徹的發揮，身雖役於物，而心不役於物，便能使自然之理和仕宦之事一致，達到何往而不適的境界。可見東晉和後代的士大夫們從支遁的《逍遙論》中所吸取的新義，主要就是承認「不物物」的前提為「物物」，以及在「至足」中求「適」的觀點。

正因為「物物」和「足於所足」的新理可以啟發人們從閒遊山水中進一步體會莊子的至境，而不只是「逃人患避爭鬥而已」，所以士大夫們很快就為支遁所折服，並由他的新注得到啟發，發現了山水的理趣。支遁的新注雖對士人深入理解山水有啟迪意義，但其清談餘氣流而為詩，所產生的仍是玄言詩，這與清談的性質有關。東晉玄言詩達到高潮，即第二個階段，正是在支遁注《逍遙遊》後，在會稽山陰與許詢、孫綽、謝安、王羲之、晉簡文帝等人密切往來的這一時期。晉穆帝永和年間，王羲之為會稽太守，許詢舍永興、山陰二宅為寺，移皋屯之岩，「支道林（遁）、許掾（詢）諸人共在會稽王（晉簡文帝）齋頭，支為法師，許為都講，支通一義，四坐莫不厭心，許送一難，眾人莫不抃舞。」[三]可見當時會稽形成了一個以支遁為核心的清談的名士群體。據《世說新語．文學》記載，支遁、許詢、謝安共集王濛家，先看《莊子》，得「漁父」，作題，然後「各使四坐通」，「支道林先通，作七百許語，敘致精麗，才藻奇拔」，大家坐在一起辯論，互相攻難，有時「四番後乃一通」，[四]即辯論幾個回合後再通解。這種清談主要是鍛煉一種往復辯難的技巧，更有益於發展人的理性思辨和語言表達的敏捷、簡切。義理的辨析表現在詩裡，自然就流而為玄言了。

再進一步來看，由於支遁「足於所足，快然有似天真」的理論在閒遊生活中最容易領會，

【一】王績：《答程道士書》，見韓理洲校點：《王無功文集五卷本會校》（上海：上海古籍出版社，一九八七年），頁一五八。

【二】王維：《與魏居士書》，見《王右丞集箋注》（上海：上海古籍出版社，一九八四年），頁三三四。

【三】余嘉錫：《世說新語箋疏．文學》，頁二二七。

【四】余嘉錫：《世說新語箋疏．文學》，頁二三七、二四一。

因而這一時期出現的玄言詩有不少是在遊賞山水時產生的。其中以永和九年王羲之與孫綽、支遁等四十人在山陰蘭亭修褉時所寫的一批詩最為典型。前面已經提及，過江之初在道教影響下出現的一些雜有遊仙內容的詩賦中也有不少山水的描寫，但它們大抵仍本於招隱詩和遊仙詩的傳統格局，在描寫山水以後再加一些物我兩忘、泯滅是非的老莊之言，以表現滌淨萬慮、忘卻俗累的快意，歌詠山林隱逸的真樸和清淨。到了支遁新理啟發下的玄言詩，則以山水體道為主題，着重表現詩人們在徹悟了自然之道以後所重新發現的山水美。正如王羲之所說：「悠悠大象運，輪轉無停際。陶化非吾因，去來非吾制。宗統竟安在，即順理自泰。有心未能悟，適足纏利害。未若任所遇，逍遙良辰會。」「仰望碧天際，俯磐綠水濱。寥朗無厓觀，寓目理自陳。大矣造化功，萬殊莫不均，群籟雖參差，適我無非新。」【二】詩人認為個人對於宇宙運轉的規律是無可奈何的，如能順其自然，自能通達安泰，如不悟此理，仍糾纏於世俗的利害，那就還不能參透「物莫不以適為得，以足為至」的道理。造化之功至大至廣，均勻地分佈於萬物，碧天綠水之間所有寓目的景物都體現着自然之理。倘能任其所遇，快然自足，自能在良辰美景中得逍遙之樂。而萬籟也無處不適於「我」，處處都給自己以新鮮的美感。

支遁和王羲之等人從「適足」的理論出發，在玄言詩中闡發山水體現自然之道的玄理，正是「自然」這一概念從哲學的理念轉入審美範疇的關鍵的一步。此後，戴逵、慧遠等繼續用佛理發揮支遁的新理，遂使東晉玄言詩進入了第三個發展階段。王羲之於穆帝升平五年去世，許詢先此而卒。[一] 四年後，支遁去世。這個清談的名士群體便風流雲散了。這時廬山高僧慧遠繼支遁以後，成為談客名士傾慕的中心人物。宗炳、戴逵向慧遠自稱弟子。謝靈運早年仰慕慧遠，二十七歲時隨劉毅至江州，入廬山，一見慧遠而肅然心服。後又曾在《廬山慧遠法師誄序》中說：「予志學之年，希門人之末。」[三] 陶淵明與慧遠過從的傳說，雖史無確證，但和他交往的劉遺民、周續之等，都師事慧遠。他們一面闡發支遁所說的「適足」之理，一面又進一步提出：「以今而觀，則知沉冥之趣，豈得不以佛理為先。」[四] 玄談內容已讓佛理佔了首位。東晉後期玄言詩的作者也多為沙門中人，而且以廬山僧人為主。這一時期玄言詩在佛理化的同時，又進一步向山水詩發展。

【一】王羲之：《蘭亭詩》五首其一、其二，見《先秦漢魏晉南北朝詩》「晉詩」卷十三，頁八九五。

【二】余嘉錫：《世說新語箋疏．規箴》：「王右軍與王敬仁、許玄度並善，二人亡後，右軍為論議更克。」余嘉錫注引程炎震曰：「觀此知許詢先右軍卒。」，頁五六九。

【三】顧紹柏：《謝靈運集校注》（鄭州：中州古籍出版社，一九八七年），頁二六三。

【四】慧遠：《與隱士劉遺民等書》，見《全上古三代秦漢三國六朝文》「全晉文」卷一六一，頁二三九〇。

玄言詩本來並不是一種題材，從東晉詩人所存詩作來看，他們大體上還是按着原來傳統的言志、贈答、遊覽、行役的路子寫詩，只不過各種題材的詩裡都充滿着玄言，因而玄言詩就成為東晉詩體的一種統稱。值得注意的是：東晉後期，佛門中人所作的遊覽詩，在今人看來，仍屬玄言詩，他們自己卻視為山水詩。《廬山諸道人遊石門詩序》說：「釋法師以隆安四年仲春之月，因詠山水，遂杖錫而遊，於時交徒同趣三十餘人，咸拂衣晨征，悵然增興。」【一】在此之前，支遁《八關齋詩序》曾稱其聚會作詩是因「登山採藥，集岩水之娛」。【二】戴逵《閒遊贊》說他作「雜贊八首，暢其所託，始欣閒遊之遐逸，終感嘉契之難會」，【三】同樣是吟詠山水之意。蘭亭詩的性質也大體相似。廬山道人將其遊覽詩明確標示為「因詠山水」，實際上是正式肯定了山水詩已作為一種獨立的題材在東晉詩壇上出現的這一事實。只不過因為它是在佛理化的玄言的催化之下出現的，所以開始時與東晉其他玄言詩的風貌相差不遠。而隨着山水描寫成分的愈益增多，山水詩逐漸成熟，便像是從玄言詩中脫胎而出了。

三

從山水題材形成的過程來看，玄言詩不是淵源，而只是一種催化劑。如果沒有這帖催化劑，山水詩也會循着原有的軌跡逐漸發展而臻於獨立。但有了這帖催化劑，山水詩從它獨立之初，就具備了區別於以前所有寫景詩的全新的氣質和神韻。儘管招隱、遊仙、行役、公宴等各類題材中的山水描寫已濫觴於前，但從來沒有明確提出過將山水當作獨立的吟詠對象。山水成為獨立的吟詠題材，便意味着它已成為客觀的審美對象。正如王羲之所説，平常的山水，在支遁新理的啟示下，便「適我無非新」。那麼，東晉人在哲學的徹悟之後所發現的山水美，究竟新意何在呢？我以為主要體現在以下三方面：

首先，玄言詩裡的山水描寫，已不像招隱、遊仙詩中的山水那樣，為渲染隱居環境的幽靜神秘或為滓穢塵網而設，而是將一水一石、一草一木都看作是順從自然法則的生命運動，是「大象」運轉的一部分：「茫茫大造，萬化齊軌。罔悟玄同，競異摽旨。……凡我仰希，期山期水。」[四] 萬物都按着造化的軌跡運行，雖然並不解悟玄同之理，但又像是爭着以各種不同的形式體現着這一旨趣。這正是詩人從山水中得到的啟示。「尚想天台峻，彷佛岩階仰。

【一】見《全上古三代秦漢三國六朝文》「全晉文」卷一六七，頁二四三七。

【二】見《先秦漢魏晉南北朝詩》「晉詩」卷二十，頁一〇七九。

【三】戴逵：《閒遊贊》，見《全上古三代秦漢三國六朝文》「全晉文」卷一三七，頁二二五〇。

【四】孫統：《蘭亭詩》其一，見《先秦漢魏晉南北朝詩》「晉詩」卷十三，頁九〇七。

泠風灑蘭林，管瀨奏清響。霄崖育靈藹，神蔬含潤長。丹沙映翠瀨，芳芝曜五爽。」【一】輕風在蘭林間飄灑，流水在山瀨中鳴響，這正是莊子所說的天籟和地籟，是宇宙間天然的節奏和旋律。山崖上的疏林芳芝莫不秉受着自然的靈氣，在天地的化育潤澤下生長。因此，玄言詩中的山水描寫雖然是自然之道的證明，卻孕育着生動的氣韻，能反映出大自然無所不在的生機和靈性。

其次，在山水詩獨立之前，古詩中的景物描寫多為情志而設，是詩人主觀感情中的意象，景物常常作為人生的比照，而沒有自身的審美價值。在玄言詩中，詩人對景物的觀照不是從興喻出發，甚至不僅僅是簡單的忘憂娛情，而是「靜照在忘求」，【二】即在深沉靜默的觀照中「坐忘」，遺落一切，忘卻自我，心靈與萬化冥合，達到與自然渾然一體的境界。【三】僧肇《肇論》說：「夫至人虛心冥照，理無不統，懷六合於胸中，而靈鑒有餘。」【四】可見「靜照」就是佛家「玄鑒之妙趣」。【五】以靜照的方式審視萬物，自然界反映在人的心神之中，便不是「附理」、「切事」、「起情」的意象，而是一個客觀的整體：「寥亮心神瑩，含虛映自然。」【六】心靈就像一面瑩澈的鏡子，從虛明處照出完整的自然，纖毫不遺。「神會流俯仰，大同羅萬殊」，【七】俯仰上下，周覽萬物，神與境會，呈現在眼前的自然景物便是各種不同的形態姿貌，再沒有「織綜比義」的主觀隨意性。東晉末年廬山道人在遊石門時說：「夫崖谷之間，會物無主，應不以情而開興。」【八】意為山谷裡的景物是沒有主宰的，自然美客觀存在，不是因為人的情感才引起興致。認識到萬物無主，自然美不隨人的情感而變異的客觀性，就必然激發起人們想要忠實地再現自然美的創作願望。慧遠的弟子宗炳著《畫山水序》，提出「山水以形媚道，而仁者樂」，仁者樂在山水，因其能以形貌體現自然之道，而「神本亡端，棲形感類，理入影跡，誠能妙寫，亦誠盡矣」。【九】說山水以它的形態來體現自然之道，道、神、理都是無形的，它

【一】支遁：《詠懷詩五首》其三，見《先秦漢魏晉南北朝詩》「晉詩」卷二十，頁一〇八一。

【二】王羲之：《答許詢詩》，見《先秦漢魏晉南北朝詩》「晉詩」卷十三，頁八九六。

【三】這一觀點由宗白華〈介紹兩本關於中國畫學的書並論中國的繪畫〉一文得到啟發，參見《美學與意境》（北京：人民出版社，一九八七年），頁九八。

【四】後秦釋僧肇：《肇論．涅槃無名論第四．妙存第七》（東京：大正一切經刊行會，昭和二年〔一九二七年〕），《大藏經》第四十五卷，頁一五九下欄。

【五】後秦釋僧肇：《肇論．不真空論第二》，《大藏經》第四十五卷，頁一五二上欄。

【六】支遁：《詠懷詩五首》其一，見《先秦漢魏晉南北朝詩》「晉詩」卷二十，頁一〇八〇。

【七】支遁：《詠大德詩》，見《先秦漢魏晉南北朝詩》「晉詩」卷二十，頁一〇八二。

【八】闕名：《廬山諸道人遊石門詩序》，見《先秦漢魏晉南北朝詩》「晉詩」卷二十，頁一〇八六。

【九】見《全上古三代秦漢三國六朝文》「全宋文」卷二十，頁二五四五、二五四六。

們存在於有形的各類事物中，把它們畫下來，理也就進入影跡（繪畫）了。神、理、道都是無形的，需借有形的山水表現出來，而在用「以形寫形，以色貌色」的方法加以妙寫以盡理的同時，也就充分顯示了萬象羅會中形形色色的美。

第三，由於玄言詩中的山水是用靜照的方式表現深沉玄遠的自然之道，以瑩澈的心神從虛明處映照天地萬物，這就使早期山水詩從獨立之始便確定了中國山水詩的審美理想，即以清朗澄澈、明淨空靈為最高境界，【一】在「虛明朗其照」的審美視野中，【二】人「從山陰道上行」，「鏡湖澄澈，清流寫注」，【三】坐在窗欞間，來與人相親的則是明星閃爍，清霜澄景：「迢迢雲端月，的爍霞間星。清霜激西牖，澄景至南欞。」【四】曲水流觴，欣賞的是「光風扇鮮榮，碧林輝英翠」；【五】甚至從征登覽，所見的也是「窈然無際，澄流入神」。【六】由澄懷觀道而獲得的空明鮮亮的意象，幾乎成為東晉早期山水詩的共同特點。

晉人雖然以山水證道，但「靜照」並非站在山水的對立面進行純客觀的審視，而是「渾萬象以冥觀，兀同體於自然」，【七】使心靈化入宇宙的最深處，達到忘己的超然境界。正如《廬山諸道人遊石門詩序》中所說：「乃悟幽人之玄覽，達恆物之大情，其為神趣，豈山水而已哉！」「玄覽」之說，本於老子。老子主張探求天道運行的規律，既要用從旁靜觀的方法，也要用深遠的思維去考察。靠這種直觀的認識方法來瞭解世界，當然有其局限，但用來觀賞山水，卻能使人在體悟自然時完全處於清明虛靜的狀態中。東晉山水詩雖然純為景語和理語，但從中可以感知詩人寧神靜泊的氣度，這正是山水詩最重要的特質。孫綽批評衛承：「此子神情都不關山水，而能作文？」【八】正說明當時人已認識到神情氣質能決定筆下境界格調的高低。東晉士人推崇神氣清朗，從容鎮定，寬宏大量的風度，追求瀟然塵外的神姿和野雲閒鶴般的意態，品評人物多以山水為喻。從「清風朗月」、「清遠雅正」、「器朗神雋」、「風神調暢」等讚語可以見出，他們對清朗神雋的欣賞，與其山水審美理想是完全一致的。因此玄覽

【一】參見宗白華：〈論《世說新語》與晉人的美〉，《美學與意境》（北京：人民出版社，一九八七年），頁一八三——一九九。

【二】闕名：《廬山諸道人遊石門詩序》。見《先秦漢魏晉南北朝詩》「晉詩」卷二十，頁一〇八六。

【三】王獻之：《雜帖》，見《全上古三代秦漢三國六朝文》「全晉文」卷二七，頁一六一七。

【四】孫綽：《詩》，見《先秦漢魏晉南北朝詩》「晉詩」卷十三，頁九〇二。

【五】謝萬：《蘭亭詩》其一，見《先秦漢魏晉南北朝詩》「晉詩」卷十三，頁九〇七。

【六】袁宏：《從征行方頭山詩》，見《先秦漢魏晉南北朝詩》「晉詩」卷十四，頁九二〇。

【七】孫綽：《遊天台山賦》，見《全上古三代秦漢三國六朝文》「全晉文」卷六一，頁一八〇六。

【八】余嘉錫：《世說新語箋疏．賞譽》，頁四七八。

對於山水詩的影響，不僅是將山水景物變成了有審美價值的對象，而且賦予山水詩以前所未有的精神氣質。從晉宋到唐代，典型的山水詩都能顯示出詩人超脫、從容、寧靜、閒雅的風度。這種品味高雅的士大夫氣，便是中國山水詩的神韻所在。玄學對山水詩最重要的影響就在這裡。

先秦以來，山水與田園較然兩路。《詩經》中反映農村生活的田園詩本來極少景物描寫，漢代有歸隱之趣的田園詩賦也寥寥無幾。直到東晉，玄言詩人才使山水和田園在精神旨趣上趨於一致。東晉詩中的隱士，大多不在幽深絕俗的山林，只是在自家的丘園中俯仰自得：「掛長纓於朱闕，反素褐於丘園。靡閒風於林下，鏡洋流之清瀾。仰濁酒以箕踞，間絲竹而晤言。」【一】東晉士族都有大規模的莊園，集山林田園於一區，所謂「幽結於林中」，不過是在莊園裡「蔭映岩流之際，偃息琴書之側」的閒遊而已。【二】所以孫綽《贈謝安詩》說：「遂從雅好，高峙九霄，洋洋浚泌，藹藹丘園。庭無亂轍，室有清弦。足不越疆，談不離玄。心憑浮雲，氣齊皓然。」【三】山水與丘園都是雅人體悟自然的審美對象，不同的只是居家為丘園，外出則為山水。晉宋之交謝靈運的山水詩和陶淵明的田園詩同時出現，也正是基於這同樣的旨趣。雖然陶、謝對自然的領悟存在着很大的差異，但山水詩和田園詩都是在玄言佛理的催化下逐漸獨立，則是決無疑問的。

山水田園詩中的「自然」，雖然表面上看起來還是抽象的「道」，是哲學的理念，但它已變成具象的「形色」、「萬殊」、「群籟」，這就進入了審美的範疇。同時，山水田園既然是自然之道的體現，那麼返歸丘園就是摒除虛偽矯飾、保持天性的純樸。人的自然天性與自然界的天然存在冥合為一，即是「順萬物之性」，所以寄情山水田園就是返歸自然。可見，質木無文的東晉玄言詩流行百年之久，看起來是詩歌史上走過的一段彎路，但山水田園等同自然的觀念卻藉以確立。在大自然中追求逍遙自在、任情適意、快然自足的樂趣，這就是中國山水田園詩的基本精神所在，也是山水田園詩派的審美理想、藝術品味形成傳統繼承性的主要原因。

原載《中國社會科學》一九九二年第一期
二〇一六年六月改定於北京

【一】湛方生：《七歡》，見《全上古三代秦漢三國六朝文》「全晉文」卷一四〇，頁二二六九。
【二】戴逵：《閒遊贊》，見《全上古三代秦漢三國六朝文》「全晉文」卷一三七，頁二二五〇。
【三】見《先秦漢魏晉南北朝詩》「晉詩」卷十三，頁九〇〇。

論山水田園詩派的藝術特徵

關於中國詩歌史上究竟是否存在山水田園詩派的問題，近年來頗有爭議。盛唐詩分為山水田園和邊塞兩大詩派的提法，在五六十年代的文學史論著中已成定説，並一直沿用至今。主要依據是當時這兩大類題材的詩歌成就最為突出，同時各有偏精獨詣的代表詩人。而對此持懷疑態度的學者則認為盛唐詩人各種題材兼長者居多，根據題材來劃分兩大詩派的流行模式過於簡單化，不適於多層次多結構地研究複雜的文學現象。因此，辨明山水田園詩派的概念是否可以成立，便成為深入研究山水田園詩的一個重要前提。

中國詩歌史上的流派種類繁多，一部分早有古人為之正名界定，也有一部分只是今人根據大概印象劃分。不論哪種情況，都應具備構成流派的這些要素：首先是選材、風格、技巧相近，創作傾向一致；其次是有共同宗尚的名家。中唐以後的不少詩派還有宣導本派理論的領袖以及一批信奉並實踐其理論主張的詩人，像這類旗幟獨樹、宗旨明確、自覺組成的群體，當然具有更為典型的詩派特徵。但判斷詩派是否存在的主要依據還是詩人的創作實踐。尤其是在中唐以前，由於詩歌發展正在上升時期，創作尚未完全受理論左右。詩人的創作主張，主要體現在作品的旨趣、風格和審美追求中。而派系的特徵，則主要表現為詩人創作傾向的相互影響和前後繼承的關係。本文即試圖通過對陶謝、王孟、韋柳這一作家系列的考察，從他們作品的基本旨趣、審美觀照方式、道釋思想的影響、藝術表現手法等方面，研究這一詩派的藝術特徵，對山水田園詩派的概念內涵進行界定。

一

山水田園作為中國古代詩歌的一種永不衰竭的題材，與整個封建社會的發展相始終。但並非所有風格類似的山水田園詩都可歸入陶、王詩派。其重要原因之一，就是由陶、謝所確立的山水田園詩的精神旨趣和審美觀照方式，為盛唐王、孟等詩人所繼承、延伸到韋、柳便大致告終。這也正是山水田園詩派最基本的一大特徵。

山水景物描寫雖然早在《詩經》和《楚辭》裡就已經出現，但是山水詩正式成為一種獨立的題材，並形成獨特的精神旨趣和審美觀照方式，是在東晉時期。由於玄學思潮的催化，人們在觀察山水和描寫山水的過程中探索自然的理念，遂使山水詩從它誕生之初，就帶上了濃厚的哲學色彩。回歸自然，與造化冥合為一，是中國山水詩的基本精神旨趣。與此相應，澄懷觀道、靜照忘求，則是中國山水詩獨特的審美觀照方式。

「澄懷觀道」是晉宋時期宗炳所說：「老疾俱至，名山恐難徧睹，唯當澄懷觀道，臥以遊之。」【一】所謂「澄懷」，是說詩人要讓自己的情懷、意念變得非常清澄，沒有一絲一毫的雜念，在這樣的狀態下才能體會山水中蘊藏的自然之道。所謂「觀道」，指觀察自然存在和變化的規律。「靜照忘求」是王羲之在給許詢的詩裡所說：「爭先非吾事，靜照在忘求。」【二】意思是在深沉靜默的觀照中忘記一切塵世的欲求。西晉以後，士大夫討論老莊哲學中「自然」這一命題的風氣很盛，到東晉永和年間。有一些名士、名僧，如許詢、孫綽、謝安、王羲之、支遁、晉簡文帝等人經常在會稽山陰一帶，清談玄理，並在這種清談的啟發下，寫了不少玄言詩。這些詩的主題主要是體會自然之道，也帶有山水成分。但他們筆下的山水描寫，已不像以前的招隱、遊仙詩中的山水那樣，僅是為了渲染隱居環境的幽靜神秘，或是為反襯塵網的污穢而設，而是將一水一石、一草一木都看作是順從自然法則的生命運動，是「大象」（自然之道的外在體現，也就是有形的萬事萬物）運轉的一部分。永和九年，以王羲之為首，在蘭亭（今浙江紹興）有一次雅集，約四十人參加。當時創作的詩就稱為蘭亭詩，王羲之還寫了一篇序。這次雅集對於山水詩審美旨趣的形成也有重要意義。從王羲之的兩首《蘭亭詩》【三】裡可以看出這種通過山水體道的觀念如何轉化為對山水的審美：

悠悠大象運，輪轉無停際。陶化非吾因，去來非吾制。宗統竟安在，即順理自泰。有心未能悟，適足纏利害。未若任所遇，逍遙良辰會。

三春啟群品，寄暢在所因。仰望碧天際，俯磐綠水濱。寥朗無厓觀，寓目理自陳。大矣造化功，萬殊莫不均。群籟雖參差，適我無非新。

前一首詩說：天地悠悠，大象運轉，就像輪子一樣轉動沒有停止的時候。這種像製陶（輪轉）一樣的變化並非因為「我」的緣故，來去也不是「我」所能控制的。這四句意思是個人對於宇宙運轉的規律是無可奈何的。那麼能夠統制自然的人又在哪裡呢？只要順其自然之理，心裡就通達安泰了。如果不能領悟這樣的道理，被世俗的利害所糾纏，就參不透「適」和「足」的道理。所以不如在山水中任其所遇，在良辰美景中逍遙自在。下面一首詩接着說：三春開

【一】（梁）沈約：《宋書》（北京：中華書局，一九七四年），卷九三，《宗炳傳》，頁二二七九。

【二】王羲之：《答許詢詩》，見（梁）蕭統編、（唐）李善注：《文選》（上海：上海古籍出版社，一九八六年），卷二二，鮑明遠《行藥至城東橋》「各事百年身」句下注，頁一〇五六。

【三】逯欽立輯：《先秦漢魏晉南北朝詩》（北京：中華書局，一九八三年），「晉詩」卷十三，頁八九五。

啟了萬物的品類，令人可寄情暢懷。仰望藍天，俯瞰綠水，大自然如此遼闊無邊，每一種眼前的事物都展現着自然之理。造化的功績如此廣大，平均地施與各種不同事物。各種天然的景物雖然參差不齊，但都使「我」感到適意，處處給自己以新鮮的美感。由此可見對於山水的體道，使人們追求心理的「適足」，促使他們發現了山水中的新意，對於山水的自覺的審美意識就是這樣產生的。

在山水詩獨立以前，古詩中的景物描寫往往是詩人主觀感情中的意象，大都含有比興的意義，也就是說，景物主要是作為人生的比照。而在觀賞山水的過程中，由於詩人們對於寓目之景物採取周流觀察以體會其自然之道的客觀態度，於是就自然形成了王羲之所說的「靜照忘求」的審美觀照方式。在深沉靜默的觀照中「坐忘」，遺落一切，忘卻自我，心靈與萬化冥合，達到與自然渾然一體的境界。以靜照的方式審視萬物，「神會流俯仰，大同羅萬殊」，[一]俯仰上下，周覽群籟，神與境會，自然界反映在人的心神中，便不是「附理」、「切事」、「起情」的意象，而是一個客觀的整體：「寥亮心神瑩，含虛映自然。」[二]當心靈變得十分清澈透明的時候，就像一面晶瑩的鏡子，從虛明處映照出完整的自然，纖毫不遺。玄言詩觀照自然的這種方式，使山水和田園在精神旨趣上趨於一致。山水和田園都是雅人體悟自然的審美對象：「遂從雅好，高峙九霄。洋洋浚泌，藹藹丘園。庭無亂轍，室有清弦。足不越疆，談不離玄。心憑浮雲，氣齊皓然。」【三】所不同的只是居家則為丘園，外出則為山水。而東晉士族又多有大規模的莊園，集山林田園於一區，所以能夠「足不越疆」而心遊自然。戴逵《閒遊贊》又進一步發揮王羲之所說「欣於所遇，暫得於己，快然自足」的意思，認為：「況物莫不以適為得，以足為至。彼閒遊者，奚往而不適，奚待而不足。故蔭映岩流之際，偃息琴書之側。寄心松竹，取樂魚鳥，則淡泊之願於是畢矣。」【四】也就是說，在大自然中追求任情適意、快然自足、逍遙自在的樂趣，領會老莊超然物外，與萬化冥合為一的境界，便是晉宋之交吟詠山水丘園的基本旨趣。謝靈運的山水詩和陶淵明的田園詩在晉末宋初同時出現，正是受到了東晉中葉玄言詩所形成的這種審美觀照方式和精神旨趣的影響。

陶淵明和謝靈運的自然觀存在着極大的差異。正如「自然」這個概念包含着自然界和人的自然天性這兩方面的含義，晉人的自然觀也包含宇宙觀和人生觀兩個範疇。如果說謝靈運

【一】支遁：《詠大德詩》，見《先秦漢魏晉南北朝詩》「晉詩」卷二十，頁一〇八二。
【二】支遁：《詠懷詩》其一，見《先秦漢魏晉南北朝詩》「晉詩」卷二十，頁一〇八〇。
【三】孫綽：《贈謝安詩》，見《先秦漢魏晉南北朝詩》「晉詩」卷十三，頁九〇〇。
【四】嚴可均：《全上古三代秦漢三國六朝文》（北京：中華書局影印光緒年王氏刻本，一九五八年），「全晉文」卷一三七，頁二二五〇。

和東晉士族一樣，對山水的觀賞主要出自體悟萬物之道的宇宙觀，那麼陶淵明返歸田園則主要是出自順應自然天性的人生觀。儘管如此，由於陶淵明生活在東晉，並且得預士流，他的思想也難免受到當時文化趣尚和學術風氣的影響。東晉士族好尚玄理的普遍風氣，養成了陶淵明哲學思辨的習慣。他也時常在俯仰流觀中感受「群動」、「群息」的宇宙節奏：「採菊東籬下，悠然見南山。山氣日夕佳，飛鳥相與還。此中有真意，欲辨已忘言。」【一】這真意便是一片忘機的天真，是在觀望夕嵐的變化和飛鳥的動靜時，與自然冥合為一的感受。支遁、王羲之、戴逵等人所闡發的「快然自足」之理，在陶詩中也隨處可見。如「營己良有極，過足非所欽」，【二】也就是足於所足的意思。「良苗亦懷新」、「即事多所欣」【三】與王羲之所說「欣於所遇」、「快然自足」、「群籟雖參差，適我無非新」的道理也大體相同。尤其是他在五十周歲時舉行的斜川之遊，據逯欽立先生考證，與王羲之五十歲時邀集名流修禊蘭亭一事，都是模仿石崇的金谷園宴集。由此可見出他觀賞山水田園的意趣，與東晉玄言詩人有相通之處。另一方面，陶淵明又能站到「天道」、「大化」的高度來看待人生的化遷，將「大象」運行的規律落實到人事代謝上。這就使他在體悟「群動」的宇宙生命時，也總是聯想到人生的意義；在觀賞自然時，領悟人生順應自然的真趣。所以他將回歸田園看成是「久在樊籠裡，復得返自然」，【四】其實是比玄言詩人更明確地點出了「寄情山水田園即與自然體合為一」的主旨。

謝靈運遊放山水的性質，基本上是承襲東晉士族傳統的生活方式。因此他的山水詩與東晉玄言詩在哲學觀念和審美觀照方式等方面大體一脈相承。與東晉「因詠山水」的玄言詩一樣，謝靈運將山水都看作是「吹萬群方悅」，【五】亦即大自然中的「天籟」和「地籟」。因此「景夕群物清，對玩咸可喜」，【六】傍晚夕陽下萬物清澄，令人在觀賞中感到喜悅。「撫化心無厭，覽物眷彌重」，【七】萬物萬化都令自己觀之不厭，覽之不倦。他也像玄言詩人那樣，力求在靜

【一】陶淵明：《飲酒》其五，見龔斌：《陶淵明集校箋》（上海：上海古籍出版社，一九九六年），頁二一九、二二〇。

【二】陶淵明：《和郭主簿》其一，見《陶淵明集校箋》，頁一二八。

【三】陶淵明：《癸卯歲始春懷古田舍》其二，見《陶淵明集校箋》，頁一八一。

【四】陶淵明：《歸園田居》其一，見《陶淵明集校箋》，頁七三。

【五】謝靈運：《九日從宋公戲馬台集送孔令》，見顧紹柏：《謝靈運集校注》（鄭州：中州古籍出版社，一九八七年），頁二三。《莊子．內篇．齊物論》：「夫大塊噫氣，其名為風，是唯無作，作則萬竅怒號。」又曰：「夫吹萬不同，而使其自已也。」見《莊子集釋》（北京：中華書局，一九八二年），卷一下，《齊物論》第二，頁四五、五〇。

【六】謝靈運：《初往新安至桐廬口》，見《謝靈運集校注》，頁四七。

【七】謝靈運：《於南山往北山經湖中瞻眺》，見《謝靈運集校注》，頁一一八。

照中忘卻世累，與萬化冥合為一：「浮歡昧眼前，沉照貫終始。」【一】在深沉靜默的觀照中，浮生的短暫歡樂從眼前消失，便能達到「妙善冀能同」【二】的境界。在更多的詩裡，他表達了觀賞山水使他領略到的「適己物可忽」【三】的快意。《入華子崗是麻源第三谷》詩說：「且申獨往意，乘月弄潺湲。恆充俄頃用，豈為古今然。」【四】李善注引晉司馬彪注：「獨往，任自然，不復顧世也。」【五】月下弄水，體會俄頃的快樂，也就是「欣於所遇，暫得於己，快然自足」的樂趣所在。聯繫此詩所說「莫辨百世後，安知千載前」兩句，可知「豈為古今然」的意思正是指只要有一時的快樂，可以不必考慮千載之前還是百世之後的問題，也就是忘卻不能永恆的煩惱。這正是蘭亭詩人將「一朝」和「千載」相齊的觀念。【六】他的山水詩往往仰觀俯察，流覽四方，「神理流於兩間，天地供其一目」，【七】也顯然是沿襲東晉玄言詩對宇宙仰觀俯照的審視方式。由此可見陶淵明的田園詩和謝靈運的山水詩對自然的理解雖然有異，但其體合自然、適己為樂的精神旨趣，以及澄懷觀道、靜照忘求的審美觀照方式，都是在支遁、王羲之等人玄言詩的影響下形成的。

山水詩和田園詩從東晉以後分道而行，經初唐兩次復變，【八】至盛唐合流。以孟浩然、王維為代表的山水田園詩派，不僅兼長這兩種題材，而且從本時代的文化理想出發，融合了由陶、謝所確立的精神旨趣和審美觀照方式。如孟浩然從陶淵明的田園趣中所體會的，便是那種順應自然的羲皇上人之樂：「嘗讀高士傳，最嘉陶徵君。日耽田園趣，自謂羲皇人。」【九】這也正是王維所説「陶潛任天真」，【一〇】「得意苟為樂，野田安足鄙」，【一一】以及儲光羲所説的

【一】謝靈運：《石壁立招提精舍》，見《謝靈運集校注》，頁一一〇。
【二】謝靈運：《田南樹園激流植援》，見《謝靈運集校注》，頁一一四。郭象注《莊子．雜篇．寓言》：「妙，善也。善惡同，故無往而不冥。」見《莊子集釋》卷九上，《寓言》第二十七，頁九五七。
【三】謝靈運：《遊赤石進帆海》，見《謝靈運集校注》，頁七八。
【四】謝靈運：《入華子崗是麻源第三谷》，見《謝靈運集校注》，頁一九六。
【五】見《文選》卷二十六，頁一二五〇。
【六】參見本書〈蘇軾詩文中的理趣〉一文。
【七】王夫之：《古詩評選》（上海：上海古籍出版社，二〇一一年），謝靈運《登上戍石鼓山》詩評語，頁二〇五。
【八】見拙作：〈唐前期山水詩演進中的兩次復變〉，載《江海學刊》一九九一年第六期。
【九】孟浩然：《仲夏歸漢南園寄京邑舊遊》，見佟培基：《孟浩然詩集箋注》（上海：上海古籍出版社，二〇〇〇年），頁三三〇。
【一〇】王維：《偶然作》其四，見趙殿成：《王右丞集箋注》（上海：上海古籍出版社，一九六一年），頁七四。
【一一】王維：《偶然作》其二，見《王右丞集箋注》，頁七二。

「達士志寥廓，所在能忘機」。【一】當然，由於盛唐的時代條件與東晉不同，王、孟、儲等人在田園詩裡尋求「任天和」、「忘形同化初」的境界，儘管繼承了陶淵明田園詩的基本旨趣，卻缺乏陶詩那種執着探求人生真義的深刻思辨力。他們雖然在現實生活的挫折中也像陶淵明那樣思考過社會和人生的問題，但對時代始終抱有幻想，從來就沒有終身堅持隱逸的打算。因此，他們只能在陶、謝的宇宙觀和人生觀之間折衷調和。孟浩然對魏晉風流的仰慕使他從外表到行為自然而然地形成了名士風度。王士源說他「骨貌淑清，風神散朗，救患釋紛以立義，灌園藝圃以全高」。【二】這是融合了魏晉名流蕭散的風神儀表、盛唐拯世濟人的時代精神以及陶淵明躬耕田園的高尚節操而形成的盛世隱士的典型風貌。「阮籍推名飲，清風滿竹林」，【三】「給園支遁隱，虛寂養身和」，【四】「彭澤先生柳，山陰道士鵝」，【五】「晚憩支公室，故人逢右軍」，【六】阮籍的放達，支遁的靜趣，陶潛的高節，王羲之的風雅，被他和諧地統一在隱居生活中。王維晚年在《與魏居士書》裡批評了上古以來一些著名隱士堅持跡隨心隱的遁世方式，指出陶潛因衣食不足導致「屢乞而多慚」，並為自己亦官亦隱、背離早年學陶的初衷作辯解：「我則異於是，無可無不可。可者適意，不可者不適意也。……苟身心相離，理事俱如，則何往而不適。」【七】認為身雖役於物，而心不役於物，便能使看似無法調和的理（心順自然之「理」）與事（身役於仕宦之「事」）取得一致，達到何往而不適的境界。這可以說是對支遁所謂「物物而不物於物」以及「適足」的新理做了最透徹的發揮。【八】對陶、謝的兼收並蓄促使王、孟把順應化遷、領悟自然的意趣，和靜照忘求的審美觀照方式結合起來，形成了盛唐山水田園詩派的共同特徵。

深刻領會陶、謝詩中的沉照忘言之境和「獨往」之趣，可說是王、孟一派詩人的共識。孟浩然說：「棄象玄應悟，忘言理必該。靜中何所得，吟詠也徒哉。」【九】認為在靜默中不為物象所拘，方能頓悟。做到忘言才能得意，這正是靜照忘求的境界。王維的《終南別業》中

【一】儲光羲：《雜詩二首》其一，見《全唐詩》（北京：中華書局，一九六〇年），卷一三六，頁一三八〇。

【二】王士源：《孟浩然詩集序》，見《孟浩然詩集箋注》，頁四三二。

【三】孟浩然：《聽鄭五愔彈琴》，見《孟浩然詩集箋注》，頁六一。

【四】孟浩然：《春晚題永上人南亭》，見《孟浩然詩集箋注》，頁九一。

【五】孟浩然：《尋梅道士張逸人》，見《孟浩然詩集箋注》，頁八七。

【六】孟浩然：《同王九題就師山房》，見《孟浩然詩集箋注》，頁一八〇。

【七】見《王右丞集箋注》，頁三三四。

【八】參見本書〈東晉玄學自然觀向山水審美觀的轉化〉一文。

【九】孟浩然：《本闍黎新亭作》，見《孟浩然詩集箋注》，頁四〇五。

「興來每獨往，勝事空自知。行到水窮處，坐看雲起時」，【一】所表現的任興獨往、順其自然的意趣，也就是東晉詩人所說的無往而不適的理趣。《戲贈張五弟諲》其三說：「我家南山下，動息自遺身。入鳥不相亂，見獸皆相親。雲霞成伴侶，虛白侍衣巾。」【二】在群動群息中忘卻自我，與鳥獸相親，有雲霞為伴，虛白相侍，正是與宇宙生命合而為一的沉冥之趣。儲光羲說：「江海霽初景，草木含新色。而我任天和，此時聊動息。」【三】觀看江海初霽、草木懷新的景色，心靈隨群籟一起動息，與宇宙生命起伏的節奏相合拍，便進入了「任天和」的化境。又如常建的《晦日馬鐙曲稍次中流作》：「初日在川上，便澄遊子心。秦天無纖翳，郊野浮春陰。……扣船應漁父，同唱滄浪吟。」【四】初日臨川、天水共澄鮮的美景，使遊子的詩心也變為一片空澄。纖毫不見雲翳的秦天和千里空曠的水浦，自然就成為詩人遠遊世外，與漁父應和的天地。他的《漁浦》詩中「碧水月自闊，安流淨而平。扁舟與天際，獨往誰能名」【五】幾句，也是借碧水自在、平靜、安穩的意態，寫出詩人從扁舟獨往，在天地之間得大自在的境界中悟出的自然「無名」之道，可與上詩互證。王昌齡雖以邊塞詩和宮怨詩著稱，但他的山水詩旨趣與王、孟、常建接近。他的《齋心》【六】，更清晰地展現了靜照忘求的過程：

女蘿覆石壁，溪水幽朦朧。紫葛蔓黃花，娟娟寒露中。朝飲花上露，夜臥松下風。雲英化為水，光采與我同。日月蕩精魂，寥寥天府空。

《齋心》的題目是用莊子「心齋」的意思。《莊子．內篇．人間世》說：「仲尼曰：『若一志，無聽之以耳，而聽之以心。無聽之以心，而聽之以氣。聽止於耳，心止於符，氣也者，虛而待物者也。唯道集虛，虛者，心齋也。』」【七】心齋就是要求人使心志專一，放棄視聽和外界的一切欲望，達到心靈的澄明虛空，體悟集於虛處的道。「齋心」是把齋當動詞用，就是達到心齋的途徑，這也就是靜照的過程。這首詩寫作者在面對美景時如何齋心：溪水旁邊的石壁上覆蓋着女蘿，溪水幽深而朦朧。葛藤蔓延，開着黃花，在寒露中顯得分外美好。朝飲花

【一】王維：《終南別業》，見《王右丞集箋注》，頁三五。
【二】王維：《戲贈張五弟諲三首》，見《王右丞集箋注》，頁二五。
【三】儲光羲：《泛茅山東溪》，見《全唐詩》卷一三六，頁一三七七。
【四】常建：《晦日馬鐙曲稍次中流作》，見《全唐詩》卷一四四，頁一四五六。
【五】常建：《漁浦》，見《全唐詩》卷一四四，頁一四六〇。
【六】王昌齡：《齋心》，見《全唐詩》卷一四一，頁一四三一。
【七】郭慶藩輯：《莊子集釋》（北京：中華書局，一九六一年），卷二中，《人間世》第四，頁一四七。

露，夜臥松風，就像《莊子．內篇．逍遙遊》裡所說的藐姑射山上的神人那樣吸風飲露，稟受着自然的精華靈氣。溪水的清澄猶如雲英化成了水，為什麼「與我同」呢？這是指我的心也像水和雲英一樣清澈，能映照出天水日月的光彩。這時人進入最為深邃虛靈的境界，精魂受着日月的洗滌，便與寥廓無際的天空合為一體。末句用《莊子．內篇．大宗師》說：「安排而去化，乃入於寥天一。」【一】意思是安於推移而與化俱去，於是入於寂寥而與天為一。通過靜照忘求以達到與自然合一，這就是齋心的過程。在玄言詩裡是用抽象的語言表達出來的。而王昌齡通過優美的意境把這種審美觀照的過程和哲理內涵形象地展示出來了。

同樣，韋應物和柳宗元被歸入山水田園詩派，也是由於他們的詩具有融合陶、謝旨趣和審美觀照方式的基本特徵。韋、柳的田園詩雖有一小部分改變了陶、王的主旨，轉為反映田家苦的現實。但他們的多數山水田園詩仍然繼承了這一詩派的傳統，着重表現體合自然、快然自足的意趣。如韋應物的《東郊》：「吏舍跼終年，出郊曠清曙。楊柳散和風，青山澹吾慮。依叢適自憩，緣澗還復去。微雨藹芳原，春鳩鳴何處。樂幽心屢止，遵事跡猶遽。終罷斯結廬，慕陶真可庶。」【二】無論是依樹叢小憩，還是沿着澗水徘徊，都是以適為得，隨遇而樂。詩人正是在體悟無往而不適、何待而不足的理趣時，領略了和風微雨、青山芳原洗淨塵慮的快意，並歸結到陶詩的真諦。柳宗元的山水詩大多效法謝靈運，在描寫幽深奇險的永州山水時發表體悟自然之道的感想。《江雪》和《漁翁》是融合陶、謝審美旨趣的典範之作：「千山鳥飛絕，萬徑人蹤滅。孤舟蓑笠翁，獨釣寒江雪。」【三】詩中展示的天地是如此純潔而寂靜，一塵不染，萬籟無聲。在水天一色、蒼茫一片的背景上，遠遠地只有一個漁翁在江心垂釣。整個大自然無聲無色，映照在詩人澄澈的詩心中，成為一片混沌無象的世界，這便是最高的自然，是將山水之形高度簡化和抽象之後轉化而成的具象的自然之道。「漁翁夜傍西岩宿，曉汲清湘燃楚竹。煙銷日出不見人，欸乃一聲山水綠。回看天際下中流，岩上無心雲相逐。」【四】當炊煙漸漸消散，一聲柔櫓遠遠傳來時，漁翁已遠下中流，唯有岩上白雲無心地追隨着他的孤舟。漁翁依山傍水、行宿無常的生活，便與追隨無心的雲水同歸於自然了。這不正是純任天和的意趣所在嗎？

綜上所論，從陶、謝到王、孟、韋、柳，儘管隨着時代的變遷，山水田園詩的題材內容不斷擴大，各人的表現藝術也自有新創，但共同的精神旨趣和審美觀照方式像一條紐帶，將

【一】見《莊子集釋》卷三上，《大宗師》第六，頁二七五。
【二】陶敏、王友勝：《韋應物集校注》（上海：上海古籍出版社，一九九八年），頁四六三。
【三】柳宗元《江雪》，見《柳宗元集》（北京：中華書局，一九七九年），頁一二二一。
【四】柳宗元《漁翁》，見《柳宗元集》，頁一二五二。

這些詩人串連成一派。它源自東晉中期的玄言詩，而在中唐延續到韋、柳便基本終止。儘管在中晚唐和宋詩乃至詞中，仍然可以看到識解此趣的零星作品，但已經不成系統。這派詩人審美旨趣的趨同，以及作品風格、意境相近的原因，都莫不可從這一基本特徵找到解釋。

二

與山水田園詩派的精神旨趣和審美觀照方式密切相關，這派詩人的另一個重要特徵，是多寫方外之情。胡應麟推尊盛唐，認為「曰仙曰佛，皆詩中本色」。【一】這一看法自然是偏激的，它既不能概括所有山水詩人的特點，也不能視為盛唐山水田園詩繁榮的主要原因。但王、孟、常、韋、柳等多寫方外之情，並以此見長，倒確實是他們的共同特點。

西晉末年，遊仙詩在郭璞手中和隱逸結合，東晉也有一部分玄言、遊仙加山水的詩賦。但自從支遁運用佛理，對《莊子．內篇．逍遙遊》作出新解，促使東晉玄學自然觀向山水審美觀發生轉化，確立了山水田園詩的基本旨趣和審美觀照方式以後，東晉後期的山水詩就幾乎全出於佛門，尤以支遁和廬山道人為多。遊仙詩在東晉中期茅山道派的楊羲手裡，變成了純粹的道教詩。此後歷齊梁陳隋至唐初幾代，與山水詩的關係一直較疏遠。高宗、武后年間，以陳子昂、宋之問、司馬承禎為代表的「方外十友」，結成一個信奉道教的文人群體。

雖然並未在文學創作中體現出方外之遊的實績，也不是直接導致初盛唐之交山水詩繁榮的主要原因，但他們造成了文人好尚隱逸山林、遊於物外的風氣，並促使遊仙詩和山水詩初步結合，則為盛唐山水詩增闢了一種新的境界。【二】另一方面，山水詩到齊梁完全走出理窟以後，便由證道轉為緣情，與行役、羈旅、宦遊、送別等題材相結合，離仙境佛界漸遠。南朝以來佛教的興盛，也造成了「佛言詩」的流行，大多與佛偈禪頌類似，成為善男信女的懺悔和說教，或是謳歌佛法無邊、功德廣大，對佛寺的巍峨壯觀加以禮讚，再也沒有東晉佛門中人吟詠山水玄理的雅興。宋之問、陳子昂等人信奉道教，也同樣尊崇佛教，他們表現方外之情的詩篇不少。但由於宋齊以來道教詩和佛言詩各有自己的題材範圍和詞彙體系，到初唐再重新與山水結合時，便難免夾雜大量佛教和道教的專用名詞，或以羽人靈仙、餐霞煉氣之事入詩，或以贊禮佛法、刻畫寺廟建築為主，意象堆垛繁密，宗教氣息很濃。直到李白手裡，仍

【一】胡應麟：《詩藪》（上海：上海古籍出版社，一九五八年），內編卷五，頁九一。

【二】參見拙文：〈從「方外十友」看道教對初唐山水詩的影響〉，載《學術月刊》一九九二年第四期。

然存在這一弊病。所以提倡神韻說的王漁洋總嫌李白的山水詩有「龍虎鉛汞之氣」。【一】

王、孟詩派與盛唐其他詩人一樣，和佛教、道教中人保持着密切的交往，寫了許多與仙佛有關的山水詩。但這派詩人表現方外之情大多沒有宗教色彩的渲染，而是將仙境、禪境化入靜照忘求的審美觀照方式，創造出清靜空靈的藝術意境。這是王、孟詩派區別於其他詩人的一個重要特徵。

孟浩然所有尋訪佛寺道觀（以佛寺為多）的山水詩，都只取其清淨之境。這與他對佛道的理解，僅止於清淨這一點有關。如《題終南翠微寺空上人房》：「遂造幽人室，始知靜者妙。儒道雖異門，雲林頗同調。」【二】認為佛家和儒家雖不同道，但愛好雲林清淨之妙，則可稱同調。由於在靜默悟玄的觀照中體會到吟詠靜趣應盡量「棄象」、「忘言」，【三】他那些尋訪僧道的山水詩很少或基本不用佛道術語渲染宗教氣氛，而只是着力將佛道的理念化入意境。如《夜歸鹿門歌》【四】寫獨往的境界，全詩沒有一字涉理，而是將獨往之意化入與歸村人相反的去向，通過幽人在鹿門山岩扉松徑的幽冷境界中獨自來去的情景表現出來。又如《尋香山湛上人》【五】是一首描寫較繁的古體詩，以詩人一路乘興而來訪問高僧的經過作為主線，從遠近各個不同角度烘托山寺的深幽：山色遙遠，空翠氛氳，橫亙百里，經日方至，足見其遠；馬不能騎，須拄策而上，要經過險峻的石門、深邃的竹林，又足見其深；寺外唯見田作的野老和歸寺的山僧，唯聞松泉的清響和暮鐘的迴蕩，又足見其靜。而對山寺本身則不着一字形容，這就一掃此類題材常有的宗教靈異氣息，將梵境化入了山水靜境。

王維、常建等人表現方外之情的山水詩意境優美空靜，還與他們在玄鑒朗照的審美觀照方式中吸取了禪宗南宗的悟性之說有關。東晉中期玄學自然觀向山水審美觀的轉化，固然得益於支遁運用佛教即色義的原理解釋《莊子．內篇．逍遙遊》的啟示，東晉後期一些專門「因詠山水」的詩作也出自佛門。但這時的佛理還與玄學結合在一起，山水詩仍以玄言詩的形式出現，與禪宗之間的關係尚不分明。禪法在晉宋之交流行時，便以寂照相濟、洗心靜

【一】翁方綱：《七言詩三昧舉隅》：「漁洋先生不喜詩有龍虎鉛汞氣，其於太白此等處，亦微有別擇焉。」，見《清詩話》（上海：上海古籍出版社，一九六三年），上冊，頁二九二。「龍虎」指東漢中葉道教創始人張道陵煉丹的所在江西龍虎山，鉛汞為道士煉丹必用之物。

【二】見《孟浩然詩集箋注》，頁三八。

【三】孟浩然：《本闍黎新亭作》，見《孟浩然詩集箋注》，頁四〇五。

【四】見《孟浩然詩集箋注》，頁八六，詩題一作《夜歸鹿門寺》。

【五】見《孟浩然詩集箋注》，頁三。

亂、忘言絕慮，而至於窮神反本為極詣。【一】南朝玄學家認為這與玄鑒朗照、深達有無之理是相通的。北朝達摩主行禪觀法，提出觀行在乎遺蕩一切諸相，又拈出心性一義，強調大乘壁觀，直指心性，與道冥符，寂然無為。唐代北宗大抵仍守達摩之法，而南宗慧能之學要旨在頓悟見性，一念悟時，眾生是佛，從自心中頓見真如本性，對於達摩禪學又有重大發展。頓悟、漸悟之爭，其實並非自禪宗南北宗始。佛學家認為，支道林首立頓悟之說，提出「神悟遲速，莫不緣分，分暗則功重，言積而後悟」，【二】即天分不同，悟有遲速，天分差者，就要用功漸修，南朝宋初就盛行此說。竺道生提倡頓悟之義，視支道林為小頓悟，謝靈運《辨宗論》曾闡述頓悟說。【三】目前已有研究者注意到謝靈運的頓悟說與其山水詩之間的關係，認為這種頓悟的思維對山水審美會有某種觸發作用。但我認為這時所說的悟，主要還是悟理。《高僧傳》說：「（竺道）生既潛思日久，徹悟言外，乃喟然歎曰：『夫象以盡意，得意則象忘。言以詮理，入理則言息。自經典東流，譯人重阻，多守滯文，鮮見圓義。若忘荃取魚，始可以言道矣。』於是校閱真俗，研思因果，乃言善不受報，頓悟成佛。」【四】可見其徹悟主要是用老莊得意忘象、得理忘言之說，闡明意與象，言與理的關係，以求徹悟經典之義於言外。湯用彤先生指出，道生論頓悟之文已佚，但《涅槃集解》卷一引道生序文可見其旨。文中說：「夫真理自然，悟亦冥符，真則無差，悟豈容易？」【五】也說明竺道生所說的頓悟就是使認識完全符合於自然存在的真理。所以湯用彤先生說：「注重真理之自然顯發，乃生公頓說之特點。」【六】雖然「後日禪宗之談心性主頓悟者，蓋不得不以生公為始祖」，【七】但與後世南宗禪還是有差別的。南宗慧能的頓悟，主要是悟性，由自己心性的空無發現與道「冥符」之處，因而以淨心、自悟為宗旨。禪宗自達摩始，便修大乘空宗，強調空無。至慧能更發展為「但令內心安住空中，知世虛妄，萬法都無」，【八】以悟出性空為最上乘。從王維《胡居士臥病遺米因贈》、《與胡居士皆病，寄此詩，兼示學人二首》等詩可以看出，他晚年受南宗的影響是

【一】參見慧遠：《廬山出修行方便禪經統序》，《全晉文》（北京：中華書局據廣州廣雅書局刻本複製重印，一九五八年），卷一六二，頁二四〇一——二四〇二。

【二】支道林：《大小品對比要鈔序》，《全晉文》卷一五七，頁二三六七。

【三】以上論點均參用湯用彤：《漢魏兩晉南北朝佛教史》及《隋唐佛教史稿》中有關論說。

【四】（梁）釋慧皎撰，湯用彤校注：《高僧傳》（北京：中華書局，一九九二年），卷七，頁二五六。

【五】湯用彤：《漢魏兩晉南北朝佛教史》（北京：中華書局，一九八三年），頁四七一。

【六】見《漢魏兩晉南北朝佛教史》，頁四七三。

【七】見《漢魏兩晉南北朝佛教史》，頁四七五。

【八】范文瀾：《唐代佛教》（北京：人民出版社，一九七九年）引慧日《念佛法門往生淨土集》指斥禪宗語，頁七一。

較深的：「了觀四大因，根性何所有」，「無有一法真，無有一法垢」，【一】「洗心豈懸解，悟道正迷津」，【二】「色聲非彼妄，浮幻即吾真」，【三】認為根性本為空無，法也無所謂真垢。洗心和悟道，都是漸修，豈能得性命之情，更未得入道門徑。聲色或非虛妄，而知其浮幻方得吾真性。由本性之空而體會萬法之空，無須洗心悟道而自悟，這些都是南宗的基本思想。

毫無疑問，南宗的頓悟性空之說，對於王維觀照自然的方式是有影響的。在《畫學秘訣》中，他強調「妙悟者不在多言」，認為水墨畫最能「肇自然之性，成造化之功」。【四】妙悟之說顯然是在創作靈感的問題上發揮了禪宗頓悟說的結果。《青龍寺曇壁上人兄院集》：「眼界今無染，心空安可迷。」【五】更是直接將性空之說運用於山水的觀照。頓悟性空，與玄鑒朗照的審美觀照方式都是強調心神的瑩澈乃至虛空，因此很容易溝通。王維那些以意境空靜著稱的名作，往往是強調心性之空與空寂之境暗合的結果。如《過香積寺》【六】：

不知香積寺，數里入雲峰。古木無人徑，深山何處鐘。
泉聲咽危石，日色冷青松。薄暮空潭曲，安禪制毒龍。

趙殿成注此詩說：「毒龍宜作安心譬喻，猶所謂心馬情猴者。若會作降龍實事用，失其解矣。」極是。末二句即指禪性安定，能制妄心，正與空潭相印。由於性空，全詩展示的境界也是一片空寂：雲峰之中，人跡罕至。鐘聲不知從何處傳來，泉聲咽沒在危石之中，日色冷卻在青松之上。這種心性的空與靜照忘求的境界是一致的。或者可以說，正是詩人面對深山的「靜照」和「坐忘」，使他悟出了道心的虛靜，以及與空潭的合而為一。

由王維的這首詩可以看出：如果說靜照忘求的審美觀照方式側重於以虛明的心靈鑒照完整的自然，那麼吸收了性空之說的審美觀照，就更側重在空心和空境的相互印證。這一點在常建的《題破山寺後禪院》【七】中看得更為分明：

【一】《胡居士臥病遺米因贈》，見《王右丞集箋注》，頁三〇。

【二】懸解：郭象注《莊子・內篇・養生主》：「以有繫者為懸，則無繫者懸解矣。懸解而性命之情得矣。此養生之要也。」見《莊子集釋》卷二上，頁一二九。

【三】《與胡居士皆病，寄此詩，兼示學人二首》其一，見《王右丞集箋注》，頁三一。

【四】見《王右丞集箋注》，頁四八九、四九〇。

【五】見《王右丞集箋注》，頁二一四。

【六】見《王右丞集箋注》，頁一三一。

【七】見《全唐詩》卷一四四，頁一四六一。

清晨入古寺，初日照高林。竹徑通幽處，禪房花木深。
山光悅鳥性，潭影空人心。萬籟此都寂，但餘鐘磬音。

詩以高朗的境界發端，卻轉入花木幽深的小徑，在一片空潭間，頓悟自身心性的空寂，體會鳥性與山光相悅的宇宙生命。最後在悠揚的鐘磬餘音中徹悟萬籟皆空的自然之道。值得注意的是，常建還在遊仙詩中融會了自悟性空、靜照忘求的理趣。例如《第三峰》在描寫詩人攀登雲梯、「以求鸞鶴蹤」的過程中，又屢屢抒寫了「餘影明心胸」，「因寂清萬象」【一】的感受。日光、輕霞、孤輝、夕煙，如投影般在心靈的虛明處照出，而內心的虛寂又使外界的萬象顯得更加清澄。《張天師草堂》中，「幽幽寂無喧，萬壑應鳴磬」，「心化便無影，目精焉累煩」【二】等句，又從另一角度寫出幽寂之中唯聞磬聲的鳴響，心入化境、目無煩累的靜趣。《張山人彈琴》中「了然雲霞氣，照見天地心」【三】等句，寫清晰明瞭的仙山雲霞之氣，在照見天地的詩心中映出，這些都將支遁所説「寥亮心神瑩，含虛映自然」的審美觀照方式移入了遊仙詩中。

韋應物抒發方外之情的詩篇，更趨於淡靜冷寂。他最愛在野寺的晨鐘暮鼓中體會淒清惆悵的意緒。「殘鐘廣陵樹」，【四】「秋山起暮鐘」，【五】「鳴鐘生道心，暮磬空雲煙」，【六】「葉沾寒雨落，鐘度遠山遲」，【七】「遙看黛色知何處，欲出山門尋暮鐘」，【八】面對秋樹寒江，暮鐘的迴蕩撩動悠悠的客愁；獨立荒山古寺，遠度的鐘磬又像宇宙間的韻律，令人悟出心性的清淨和外界的空幻。這便是詩人特別喜愛暮鐘的原因。韋應物從王、孟、常建的詩中發現了鐘聲裡的詩韻，並大力渲染，遂使山水詩中的禪境愈趨空冷。同樣，他筆下的仙境也比王、孟、常建的詩更加淡泊空靜。如《寄全椒山中道士》【九】：

今朝郡齋冷，忽念山中客。澗底束荊薪，歸來煮白石。
欲持一瓢酒，遠慰風雨夕。落葉滿空山，何處尋行跡？

【一】常建：《第三峰》，見《全唐詩》卷一四四，頁一四五八。
【二】常建：《張天師草堂》，見《全唐詩》卷一四四，頁一四五九。
【三】常建：《張山人彈琴》，見《全唐詩》卷一四四，頁一四六一。
【四】韋應物：《初發揚子寄元大校書》，見《韋應物集校注》，頁八六。
【五】韋應物：《淮上即事寄廣陵親故》，見《韋應物集校注》，頁八七。
【六】韋應物：《經少林精舍寄郡邑親友》，見《韋應物集校注》，頁九〇。
【七】韋應物：《寄酬李博士永寧主簿叔廳見待》，見《韋應物集校注》，頁三〇二。
【八】韋應物：《答東林道士》，見《韋應物集校注》，頁三〇九。
【九】韋應物：《寄全椒山中道士》，見《韋應物集校注》，頁一七三。

道士的主要生活內容，便是採藥煉丹、餌玉餐霞，因而詩中但凡涉及道士，便難免有「龍虎鉛汞之氣」。這首詩卻將道士煉丹的生活分解成澗底採薪柴，歸來煮白石的兩個情節，便化道士為隱士，既給人以不食人間煙火的印象，又洗淨了鉛汞氣息。接着又跳過一步，從詩人在此風雨之夕欲持酒相慰而難尋蹤跡的角度着想，將詩境開擴到風雨飄蕭、落葉紛飛的空山。結尾冷然一問，竟使道士化為虛無，便覺縹緲空靈，無跡可尋。柳宗元精通佛學，貶謫到永州時，與當地僧人多有交往，也有一些空寂的意境，如《巽公院五詠》中的《禪堂》：「發地結青茆，團團抱虛白。山花落幽戶，中有忘機客。涉有本非取，照空不待析。萬籟俱緣生，窅然喧中寂。心境本同如，鳥飛無遺跡。」【二】寫禪堂中人本來就不取「有」宗，對於「空」宗的觀照虛空當然也不待辨析，所以視萬籟皆隨緣而生，能夠在喧鬧中深自靜默。其心其境連鳥飛都不留遺跡，這才是真正的忘機。此詩雖然語涉禪理，但通過堂中人與堂外環境的互相映襯，寫出心空與境空的一致，山花落戶，青茆環生，都帶有了理趣，禪堂自然也就進入虛室生白的境界。

總之，無論是仙境還是禪境，在王、孟詩派的詩中，都已化入山水，並與靜照忘求的理趣融為一體。這就使他們表現方外之情的詩篇化解了在初盛唐其他同類詩作中常見的宗教色彩，消除了佛寺梵境的靈光寶氣，以及煉丹採藥的鉛汞之氣，着重表現了逍遙方外、適意自在的興致，從而自然形成了意境空靈清朗、韻味悠遠深長的的共同特徵。

三

山水田園詩派不僅繼承了陶、謝詩的精神旨趣和審美觀照方式，而且在藝術表現上也始終以崇尚陶、謝為本。大體說來，田園詩以崇陶為主，山水詩則以融合大謝和小謝為主。其中有的詩人雖然對山水田園這兩種題材各有偏長，但都在繼承陶、謝的基礎上形成了融興寄於觀賞、寄情興於鮮明畫面之中的表現方式，以及通過虛實關係的處理創造意境，具有韻外之致、象外之趣的共同特色。

山水田園詩派的形成，不僅是因為盛唐人的隱居方式和別業的普遍，【二】為山水田園詩提供了相同的生活基礎，出現了一批兼長山水田園題材的詩人。更重要的是大謝山水詩以觀賞為主的表現方式和陶淵明以興寄為主的表現方式在盛唐的融合，促使山水田園詩在精神實質的深層次上合流。

【一】見《柳宗元集》，頁一二三五、一二三六。

【二】參見拙作：〈盛唐田園詩和文人的隱居方式〉，載《學術月刊》一九八九年第十一期。

陶、謝受東晉玄學自然觀的影響，觀照自然美的方式和精神旨趣雖然基本一致，但二人對自然的理解以及表現方式存在着極大的差異。陶淵明側重在領悟人生順應自然的真趣。對於人生意義的執着探索，使他較早接受了魏晉古詩言志詠懷的抒情傳統。他在田園詩中歎息人道的衰榮代謝，指斥世間的虛偽污濁，抒發有志難成的悲憤，追求永恆的令名高節。這些都是建安詩和阮籍《詠懷》詩的基本主題。這就使他的田園詩不以觀賞田園之美為目的，而以表現領悟自然、適其天性的樂趣為宗旨。在藝術上，自然而然會將魏晉詩歌詠懷興寄的傳統，東晉士人靜照忘求的審美觀照方式結合起來，形成以情體物、融興寄於自然美的基本表現方式。詩人對自然的感受始終是貫串篇意的主線，因而人與景能渾成一片。景色由詩人的活動和意趣見出，又能引起詩人觀賞的美感。同樣，陶詩中的許多景物描寫如青松、芳菊、孤雲、歸鳥等等，既是審美客體，又是象徵詩人處境和品格的比象和興象。這就比較容易達到自然天成、渾融完整的境界。由情見景是《楚辭》到魏晉古詩傳統的表現方式，已積累了豐富的經驗。到陶淵明手中，再與新的審美意識相結合，藝術表現相當純熟，可以說是達到了爐火純青的地步，但也因此而限制了後代田園詩的成就。這是陶淵明之後山水詩和田園詩的發展一直不平衡的重要原因之一。

如果說陶淵明的表現藝術主要是對東晉以前詩歌藝術傳統的總結和提高，那麼謝靈運的表現藝術則是對未來詩歌藝術的開拓。謝靈運雖然也有一些繼承漢魏言志抒情傳統的作品，但他更多地承襲了玄言詩以山水體道的觀念。山水作為「群籟」的一部分，映照在瑩澈的心神之中，是「大同羅萬殊」的各種形態姿貌，再沒有「織綜比義」的隨意性。所以廬山道人在將遊覽詩明確標示為「因詠山水」時，首先體會到的就是：「夫崖谷之間，會物無主，應不以情而開興。」【一】要求忠實地再現出客觀景物的原貌，而不再視為情的附屬和比照。大謝山水詩主要產生在登臨遊賞的過程中，他所遊的山水勝景，大多深秀險絕，姿狀各異，未經開發，也未經人道。他運用玄言詩仰觀周覽的靜眺方式，描寫東西上下寓目所見的形形色色，又吸取了魏晉招隱詩和行役詩移步換形、以行蹤作為主線的結構，使之與大全景式的構圖融為一體，因而詩中的山水描繪，主要是以客觀觀賞為主，容易造成山水描寫和抒情說理截分兩橛的弊病，這就為後來的山水詩留下了融情入景的重要課題。此後從謝朓到何遜、陰鏗的山水詩，逐漸完成了山水從證道向緣情轉化的過程，成功地創造了融情於景的境界，使山水由哲理的化身變成了與情靈的結合。這一轉化的原因固然可以從多方面推求，但其中最重要

【一】闕名：《廬山諸道人遊石門詩序》，見《先秦漢魏晉南北朝詩》「晉詩」卷二十，頁一〇八六。

的一條是：小謝在大謝的登臨遊賞、追新逐異之外，開闢了在「舊識」之景中尋求山水新致的另一種創作路數。閒居、宦遊、羈旅等日常生活中所見的景物，處處都能喚起清新的審美感受，自然便使春悲秋怨、離情別緒滲入山水。但儘管如此，齊梁山水詩所達到的最高境界還是「語有全不及情而情自無限者」，【一】情思蘊含在對景色的精緻描繪之中。加上齊梁詩中的情只是柔弱膚淺的閒情和溫情，缺乏陶詩深刻的寄託，因而基本上仍保持着以客觀描繪自然美為主的表現方式。

從北朝到初唐，山水田園詩經歷了一個漫長的融合過程。這種融合，首先表現為田園詩開始脫離陶淵明以興寄為主的表現方式，向着重觀賞的方向轉化。王績在庾信之後，繼承了陶詩寫郊居閒適之趣的傳統，但側重在鋪寫田園生活的環境和細節瑣事，特別是莊園裡的林泉之美，便使陶詩的由情見景，變成由景見事見趣。後來到盧照鄰、駱賓王手中，田園詩只剩下一個題目，內容變成了山水行役。這種合流的趨勢使田園意趣被山水觀賞所淹沒，造成了初唐田園詩的中衰和山水詩的單向發展。另一方面，山水詩在經歷了兩次輪番學習大謝體和小謝體的復變之後，【二】又促使原來缺乏興寄的山水詩向着陶詩的表現方式轉化。所謂大謝體，實際上是以風格典麗精深、聲調生澀凝重、寫境密實繁富為特色的。而小謝體則以風格清新秀麗、聲調平易流暢、寫境空靈簡遠為特色。初唐以四傑為代表的山水詩多為近體，風格清淺秀媚，聲調流暢婉轉，大體承齊梁而來。之後陳子昂和沈宋在隱居和貶謫、行役生活中寫了不少山水詩，以模仿大謝體為主，多用中篇五古體，風格凝重富贍，這是第一次復變。神龍至開元前期，出現了一批以吳越之士為代表的描繪江南風光的山水詩，風格清淡秀媚，取景為平時生活所常見，從創作路數上恢復了以小謝、陰、何為代表的齊梁詩風。朝野所流行的都是「江山清謝朓，花木媚丘遲」【三】的風氣。開元四年張說在岳州，與一批貶謫官員在湖湘一帶吟詠山水，有意調和大謝和小謝兩種不同風格，以糾吳越山水詩過於清媚之偏。張九齡在開元十五年貶洪州時作的一批山水詩，更是亦步亦趨地模擬大謝，顯然也是有意矯正開元前期朝野流行的齊梁清麗詩風。這是第二次復變。

初唐山水詩的兩次復變，從表面上看，只是風格的糾偏和調整，是大小謝藝術表現手法的融合。但實際上又是在山水詩中恢復興寄傳統的革新。陳子昂的詩歌革新主要是在內容上提倡漢魏風骨，在形式上宣導古體。山水詩出現在晉宋之交，雖然未傳漢魏風骨，但就這一題材

【一】王夫之：《古詩評選》卷五，謝朓《之宣城郡出新林浦向板橋》詩評語，頁二三〇。
【二】參見拙作：〈唐前期山水詩演進中的兩次復變〉，載《江海學刊》一九九一年第六期。
【三】張子容：《贈司勳蕭郎中》，見《全唐詩》卷一一六，頁一一七八。

而言，要復古只能取範於大謝體。因其格調凝重，寫景與抒情說理相結合的特點，仍與晉宋以前的古詩有相承之處。張九齡更使山水詩和感遇詩相結合，將建安文人至陶淵明詩中積極進取的人生理想，堅持直道和清節的高尚情操，引進了山水詩，從而充實了山水詩的骨力，使山水詩在探求人生意義的深層次上與陶淵明的田園詩趨同。如他的《晨坐齋中偶爾成詠》【一】：

寒露潔秋空，遙山紛在矚。孤頂乍修聳，微雲復相續。人茲賞地偏，鳥亦愛林旭。結念憑幽遠，撫躬曷羈束。仰霄謝逸翰，臨路嗟疲足。徂歲方睽攜，歸心亟躑躅。休閒倘有素，豈負南山曲。

潔淨的秋空，高聳的遠峰，天邊的微雲，與欣賞偏僻之地的詩人一樣熱愛林旭的鳥兒，都是陶詩中常見的意象。正是與陶淵明相同的襟懷和情操，使詩人自然而然地選用了陶詩的語調和興象，讓山水詩進入了陶詩的境界。

從陶、謝到張九齡，山水田園詩這兩種合流的傾向，為山水田園詩派的形成作好了思想和藝術上的準備。使王、孟詩派形成了融興寄於觀賞的基本表現方式。孟浩然恥於碌碌無為的遠大志向，仕途失意的慷慨不平之氣，對「物情趨勢利」【二】的批判，以及自養「浩氣真」、追求「白璧」之純和青松之節的道德理想，使他的山水田園詩與陶詩的興寄傳統遙相承接。將興寄引入近體山水詩，是孟浩然最重要的貢獻之一。張說和張九齡雖有少數山水詩已開其端，但寓意和興象之間比附的痕跡尚較明顯。而孟浩然的興寄則是在觀賞山水時自然流露出來。如《望洞庭湖贈張丞相》【三】：

八月湖水平，涵虛混太清。氣蒸雲夢澤，波撼岳陽城。
欲濟無舟楫，端居恥聖明。坐觀垂釣者，空有羨魚情。

詩人提神於太虛之中，以融入宇宙深處的整個身心去感受洞庭湖雲氣蒸騰、天水混茫的氣勢，以及洪波湧起、撼動岳陽的偉力，同時又借觀賞洞庭水色暗寄欲借舟楫以濟時、希望有

【一】見《全唐詩》卷四七，頁五六九。
【二】孟浩然：《山中逢道士雲公》，見《孟浩然詩集箋注》，頁三六三。
【三】孟浩然：《望洞庭湖贈張丞相》（又題為《岳陽樓》），見《孟浩然詩集箋注》，頁一〇五。

人引薦的深意。《早寒江上有懷》一詩再現了小謝「天際識歸舟，雲中辨江樹」【一】的意境，但「迷津欲有問，平海夕漫漫」【二】二句，就不只是一般的久客懷鄉之情：滿目夕照，平海漫漫，暗寓着仕途迷津的失意之感，也展示了渺茫的前程。由於巧妙地將陶詩重感受、興寄的特點與二謝重刻畫描繪的長處結合在一起，這類詩中比興的思理往往無跡可求，達到了後人所稱賞的「妙在有意無意之間」的境界。

王維早年充滿樂觀浪漫的幻想和積極進取的少年意氣。仕途遭受挫折以後，能將個人的不平與當時布衣賢才遭權貴壓抑的普遍現象聯繫起來，認真地思考古往今來的人事是非，堅持有道則仕、無道則隱的出處原則。出則佈仁施義，處則固窮守節。這與陶淵明、張九齡詩中興寄的精神是完全一致的。後期雖然亦官亦隱，在出處形跡上違背了初衷，但「既寡遂性歡，恐遭負時累」【三】的矛盾和內疚，使他又不能在盛唐流行的朝隱生活中心安理得。他在天寶年間所作的山水田園詩往往能在再現自然美的同時，創造出一種空靜絕俗的理想美，也正是由於他在現實中無法堅持高潔的人生理想，只能在藝術中進行人格自我完善的緣故。與孟浩然一樣，王維也有不少山水詩工於刻畫而深於寄託。如《華嶽》詩運用大謝詩「堆金積粉」的風格，以濃墨重彩染出華山堵塞天地的氣勢，構圖鋪天蓋地，滿紙蒼翠。並將盤古開天闢地的氣魄賦與巨靈神的形象，借助這一古老的傳説展現了華嶽雄峙秦中的神威。全詩猶如一幅格調典雅、筆力沉雄的金碧山水畫，似乎只為頌聖而作。然而詩人為華山遭到的冷遇鳴其不平，要求皇帝像對待泰山一樣封禪華山，實際上也表達了要求聖恩均等地施與萬民的願望，這就在一首應制體的山水詩中融入了較深的寓意。

儲光羲在山水田園詩派中是專長於田園詩的一個重要作家。他兩次隱逸都和王維在一起，在與王維酬唱的《偶然作》等組詩中，他們共同探索着先賢所指出的各種人生道路，尋找「何由知吾真」的途徑，表白堅持直道的決心。這種清濁分明、追求真淳的精神，正是他能繼承陶淵明的傳統，創作出大量田園詩的原因。他將田園詩和感遇詩的表現藝術相結合，在田家生活的描繪中寓意寄興，創造了獨特的比興體。不少詩採用民歌的形式，從農村田獵、樵採、漁牧等日常勞動取材，歌詠隱逸生活的悠閒，並借助各類勞動的不同性質和特徵為比喻，分別寄託了對社會人生的種種感慨。

韋應物和柳宗元也同樣繼承了興寄的優良傳統。韋應物作了許多採用比興體述懷言志的

【一】謝朓：《之宣城郡出新林浦向板橋》，見曹融南：《謝宣城集校注》（上海：上海古籍出版社，一九九一年），頁二一九。

【二】孟浩然：《早寒江上有懷》，見《孟浩然詩集箋注》，頁三一四。

【三】王維：《贈從弟司庫員外絿》，見《王右丞集箋注》，頁二〇。

擬古詩，讚美高潔堅貞的品質和直道而行、交友誠篤的操行。柳宗元則以自己栽種的花、竹、草藥為吟詠對象，歌頌孤高貞潔的節操。這些述懷詠物詩中的寄託也同樣體現在山水田園詩中。如韋應物的《效陶彭澤》：「霜露悴百草，時菊獨妍華。物性有如此，寒暑其奈何。掇英泛濁醪，日入會田家。盡醉茅簷下，一生豈在多。」【一】菊花經霜耐寒的物性，既是陶淵明高潔品格的象徵，也是有心仿效陶淵明的詩人自己抗心塵表、蔑棄世俗的精神的寫照。又如柳宗元的《南澗中題》【二】運用大謝記遊詩的章法，以幽清蕭瑟的林中景色烘托出詩人被貶後孤獨苦悶的形象。在回風中參差搖曳的樹影，與詩人在溪澗深處躑躅彷徨的身影形成一種似有似無的照應，令人想到在這秋氣凝集的南澗，正像是詩人在政治上失路徘徊的索寞心境在自然中的外化。楚騷式的興寄與大謝的山水描繪手法相結合，形成了孤冷空靜的意境。

王、孟詩派對陶、謝的繼承，不僅體現為融合了二者一重興寄、一重刻畫的藝術表現方式，而且還表現在意象、語言、結構等許多具體的表現手法上。例如他們往往喜歡通過創造類似的隱居環境，表現與陶淵明類似的心境。王、孟詩派所描繪的田園景色多數是從觀賞的角度獲得的印象，較少躬親農事的甘苦體驗。因此他們更多地從意象上接受了陶淵明所提供的一種現成的田園模式：雞鳴狗吠、桑麻榆柳、村墟煙火、雞黍壺酒、窮巷柴扉等等。孟浩然的《過故人莊》、《贈王九》，王維的《渭川田家》等都是典型的例證。王維尤其善於將陶詩的意象吸收到自己的田園詩中去。如《輞川閒居贈裴秀才迪》【三】：

> 寒山轉蒼翠，秋水日潺湲。倚杖柴門外，臨風聽暮蟬。
> 渡頭餘落日，墟里上孤煙。復值接輿醉，狂歌五柳前。

詩人選擇風裡聽蟬、倚杖柴門這些類似田家野老的意態，以表現自己安閒的神情。又化用陶淵明「曖曖遠人村，依依墟里煙」的意境，繪出山村蕭爽的秋色和渡頭落日的餘暉。這就用隱居環境的類比，寫出了詩人和陶淵明在精神上的相通之處。韋應物摹陶的詩更多，其詩風介於陶淵明和孟浩然之間，也與他善於糅合二人的典型意境有關，例如：「翠嶺明華秋，高天澄遙滓。川寒流愈迅，霜交物初委。林葉索已空，晨禽迎飆起。時菊乃盈泛，濁醪自為美。」【四】

【一】韋應物：《效陶彭澤》，見《韋應物集校注》，頁三三。
【二】見《柳宗元集》，頁一一九二、一一九三。
【三】見《王右丞集箋注》，頁一二二。
【四】韋應物：《九日灃上作寄崔主簿倬二李端系》，見《韋應物集校注》，頁一二二。

「養病愜清夏，郊園敷卉木。窗夕含澗涼，雨餘愛筠綠。」【一】等等，陶詩中高朗澄澈的秋景，賞菊飲酒的佳趣，孟詩中微婉閒淡的靜境，清夏納涼的愜意，被詩人和諧地統一在他的生活裡，因而能得陶淵明「寄至味於淡泊」的真趣。

王、孟詩派也吸收了謝靈運詩形象鮮明、容量較大、語言典雅，適於在登臨遊覽中展開山水長卷的特點。孟浩然就有不少詩沿襲了大謝山水詩根據遊蹤展開景物描寫，並穿插感慨的寫法，如《登鹿門山懷古》、《經七里灘》等等。前者記敘他一天從早到晚登覽鹿門山的經過，一路的景物都隨其遊蹤所至而逐層展開，是典型的大謝體章法，但詩人以流暢的手法將紛繁的意象和感觸組成了完整的結構。王維在吟詠別業山水的應酬詩中，也常常有意識地效法大謝，以追求典雅端莊的風格。如《晦日遊大理韋卿城南別業詩》其二、其四等，佈景造句都與謝詩精緻清雅的格調神似。又如《同盧拾遺韋給事東山別業二十韻》：「岩端回綺檻，磴口開朱門。階下群峰青，雲中瀑水源。鳴玉滿春山，列筵先朝暾。」【二】遺詞的工穩厚重，自然令人想到謝靈運的「遂登群峰首，邈若生雲煙」、【三】「列筵皆靜寂」、【四】「晚見朝日暾」【五】等詩句。前代評論家曾指出「王維詩典麗靚深」【六】的這一面，正與他學習大謝有關。柳宗元的記遊詩大多作於永州，採用中長篇五古或五排，寫法則仿效謝靈運，每到一地，都力求精確描繪此處山水的特徵，在探幽尋勝中消解政治的塊壘。語言風格甚至比謝詩更加精深典奧，篇幅也更長。如《法華寺石門精舍三十韻》以六十句的長篇記述遊覽永州法華寺的經過，用大量艱澀的雙聲疊韻字描繪攀登此山的艱難。《遊朝陽岩遂登西亭二十韻》則更是詰屈聱牙。好用雙聲疊韻字勾勒山川地貌的輪廓，是大謝體的一個重要特點。柳宗元的長篇五言詩風格本來就極其典雅艱深，他的散文也喜歡用生僻難字，這使他容易接受大謝的詩風，並逞其雄才，將大謝的典重發展到更加深澀的程度。

前面已經說過，王、孟詩派繼承並融合陶、謝的表現方式和藝術手法這一特徵，是山水田園詩從陶、謝到張九齡逐漸合流的趨向所促成的。山水詩自初唐以來，便經歷了學習大謝體和小謝體的兩次復變。大謝之繁、難、深、險與小謝的簡易淺近相融合，已為虛實關係的處理提

【一】韋應物：《西郊養疾聞暢校書有新什見贈久佇不至先寄此詩》，見《韋應物集校注》，頁一二三。

【二】見《王右丞集箋注》，頁一五。

【三】《入華子崗是麻源第三谷》，見《謝靈運集校注》，頁一九六。

【四】《會吟行》，見《謝靈運集校注》，頁二三九。

【五】《石門新營所住四面高山回溪石瀨修林茂竹》，見《謝靈運集校注》，頁一七四。

【六】《木天禁語・家數》，見張健：《元代詩法校考》（北京：北京大學出版社，二〇〇一年），頁一七七。

供了最基本的經驗。但王、孟詩派沒有停留在單純繼承和融合陶、謝的水準上，而是在融合的基礎上，將意象提煉到具有最高概括力的程度，使這一詩派形成了富有韻外之致、象外之趣的共同特色，和清空簡遠的相似意境。他們處理虛實關係的手法主要有三類。一是淡化和疏化景物形貌的刻畫，注重傳神。如孟浩然首先注意到大謝體意象密實堆垛的問題。他在遊覽吳越和大江兩岸名勝時所寫下的不少描繪雄奇景觀的山水詩，都不用繁富的描寫來正面刻畫景色，而是採用了空中傳神的手法，從不同角度烘托主景。如《晚泊潯陽望香爐峰》【一】：

> 掛席幾千里，名山都未逢。泊舟潯陽郭，始見香爐峰。
> 嘗讀遠公傳，永懷塵外蹤。東林精舍近，日暮但聞鐘。

晚泊潯陽，卻從幾千里之外寫起。一路未逢名山，既是以誇張的手法為廬山鋪墊，又造成了一瀉而下的氣勢。泊舟郭外，始見香爐峰，至此才點出廬山名不虛傳，卻仍不寫山，反過來追憶他早年對此山的嚮往，帶出廬山有名的掌故，以慧遠高蹈出塵的行蹤烘托山中的幽深僻靜、遠隔塵俗。最後聽到鐘聲傳來，得知附近就是遠公精舍，想到斯人已去，但聞暮鐘，又引起人無窮的惆悵。通篇寫「望香爐峰」，只是着力渲染人的神往之意。雖無一字繪形繪色，但廬山神韻全出。這正是前人讚美的「不着一字，盡得風流」的妙境。韋應物在淡化意象、尋求韻味方面，與孟詩相近，前面所舉《寄全椒山中道士》即是典型例子。他還將這種境界延伸到七律中去。如《自鞏洛舟行入黃河即事寄府縣僚友》【二】：

> 夾水蒼山路向東，東南山豁大河通。寒樹依微遠天外，夕陽明滅亂流中。
> 孤村幾歲臨伊岸，一雁初晴下朔風。為報洛陽遊宦侶，扁舟不繫與心同。

詩中極寫山河空曠豁朗之感：寒樹之遠，在天外似有若無；夕陽之淡，在水中似明似滅；岸旁孤村，追問到落生之初；朔風已起，又僅見一雁飛下。盡量淡化和推遠的意象為不繫的扁舟和詩心開拓了無邊空闊蒼涼的境界。柳宗元「寄至味於淡泊」的特點也多借這種手法的運用，如《秋曉行南谷經荒村》【三】：

【一】見《孟浩然詩集箋注》，頁六。
【二】見《韋應物集校注》，頁八一。
【三】見《柳宗元集》，頁一一二一七。

杪秋霜露重，晨起行幽谷。黃葉覆溪橋，荒村唯古木。
寒花疏寂歷，幽泉微斷續。機心久已忘，何事驚麋鹿。

晨起在深秋的幽谷中獨行，唯見古木荒村，黃葉遍地。寒花疏落，冷泉滴瀝。自然界在秋氣中沉寂下去，各種色彩和聲響都減弱到最為疏淡、幽微的程度，人也自然進入了寂歷無心的化境。至於他的《江雪》，更是「色相俱空」的典型例子。

二是以靈活巧妙的構思改變大謝平鋪直敘、面面俱到的章法，突出主線，詳略得宜，形成曲折有致的多種結構方式。如王維的《藍田山石門精舍》，與謝靈運的《石壁精舍還湖中作》一樣，都是寫日暮泛舟歸來的興致。但王維一反大謝按早晚遠近所見鋪寫的順序，以一天遊覽的結束作為開端，將自己在歸途中因貪戀兩岸景色而誤入石門精舍的過程比作誤入桃源的奇遇。筆勢隨遊人的心理活動而曲折變化，至石門精舍而豁然展開，巧妙地創造出山迴路轉、別有洞天的奇境。又如韋應物的《登西南岡卜居遇雨尋竹浪至灃壖縈帶數里清流茂樹雲物可賞》，從詩題到結構都是一首大謝體記遊詩，完整地描述了從登高卜居遇雨到一路下山沿水所見竹林、沙岸、田疇、村墟等景色。看似以遊蹤作為主線，而實以川流作為伏脈，明暗兩條線索貫穿全篇，起伏呼應，結構更有趣味。結構方式的靈活多變，使一向以意象密實為特色的古體遊覽詩也創造了空靈的意境。

三是通過意象的取捨和精心組織，把色相提煉到最精簡的程度，能提供最大的想像餘地。這主要體現在近體詩中，以王維的五言絕句為代表。王維最善於運用景物佈局中藏、減、疏、略的手法，結合生活感受，調動藝術想像構成富有高度概括力的意境。如《鹿柴》只是着意刻畫了一束斜暉透過密林的空罅，返照在林中青苔上的一角畫面。畫外人語的迴響與畫面內的靜境相互映襯，使有限的畫面延伸到畫外無限的空間，因而蘊藏着可以想見的無窮意趣。孟浩然較少刻畫景物，但也善於通過精心結構的畫面表現豐富的感受。如《過故人莊》中「綠樹村邊合，青山郭外斜。開筵面場圃，把酒話桑麻」【一】等句，構圖明快簡潔，概括了坐落平原而遠接青山的一般村莊的特點。主客面對場圃，把酒閒話，又把內外景色打通，使户外的場圃、談及的桑麻和遠景融成一片，構成一幅完整而典型的田園風光的圖畫。文字又極為省淨。由此可見，王、孟詩派形成空靈清新、含蓄雋永的共同風格，達到後人所稱賞的「清空罔象」的境界，也是他們在藝術表現手法上繼承和發展陶、謝，並且相互影響、前後傳承的結果。

【一】見《孟浩然詩集箋注》，頁三四〇。

綜上所論，已可給山水田園詩派的概念作出明確的界定。所謂山水田園詩派，實際上包括三層內涵：就盛唐而言，指以王、孟為代表，包括儲光羲、常建等在內的一批風格相近的詩人；就唐代而言，主要指王、孟、韋、柳；而就中國詩歌史而言，則應以陶、謝、王、孟、韋、柳為一個完整的派系。這些詩人都受到東晉玄學自然觀的影響，山水田園詩以體合自然、適意自足為旨歸。因沿襲了「靜照忘求」的審美觀照方式而造成了大致相同的藝術趣尚和創作傾向。唐代山水田園詩派以陶淵明和二謝作為共同宗尚的詩人，在山水田園這兩種題材合流的過程中，繼承和總結了陶詩重興寄和感受，謝詩重觀賞和刻畫的傳統，重視妙悟，直尋興會，融合成寄情興於自然美之中的基本表現方式。同時又進一步化仙境和禪境入山水，在方外之情中表現了朗鑒澄照的理趣。由於注意虛實關係的處理，講究意象的淡化和簡化，以及提煉景物以構成概括力較高的典型意境，從而形成了這派詩人清新閒雅、空靈淡泊，以及富有韻外之致的共同風格。以上這些特徵，便是山水田園詩派的概念可以得到確認的主要依據。

原載北京大學《國學研究》一九九三年總第一卷

二〇一六年八月改定於北京

「獨往」和「虛舟」

——盛唐山水詩的玄趣和道境

明清詩話往往稱道盛唐以王孟為代表的山水詩有「泠然獨往」之趣。「獨往」一詞確實常見於唐詩，與之相關的還有「虛舟」一詞，亦多見於唐代詩文。二者原出於《莊子》。山水詩本由玄言詩催化，莊子的一些語詞被採用自然是題中之義。筆者曾在〈論山水田園詩派的藝術特徵〉（編按：見本書第二篇）一文及《山水田園詩派研究》一書中，從精神旨趣和審美觀照方式兩方面着眼，對盛唐山水詩和晉宋山水詩在玄學自然觀方面的相承關係作過一些研究。但是總覺得還有一個問題沒有思考透徹：盛唐山水詩中雖然也有一些類似東晉玄言詩的理語，但是很少談玄，倒是涉及禪境、表現禪意的作品比較多。那麼山水詩中的玄趣和道境究竟是如何體現的呢？近來重讀文獻資料，對「獨往」和「虛舟」這兩個詩語有了新的體會，由此注意到盛唐詩人實際上已經在對山水的興悟中不着痕跡地將玄理轉化為幽適之趣和自在之境。搞清這一點，也有助於更深入地理解山水詩的精神實質和表現藝術。

一

「獨往」一詞，最早見於《莊子．外篇．在宥》：「出入六合，遊乎九州，獨往獨來，是謂獨有。」【一】《列子．力命》也說：「獨往獨來，獨出獨入，孰能礙之？」【二】這種獨往獨來是指在精神上獨遊於天地之間，不受任何外物阻礙的極高境界，這與《逍遙遊》裡所說的超脱社會制約和自然規律的至人之道是一致的。莊子原意是要求人不為物役，不一定非要成仙。正如《關尹子．五鑒》所說：「故黃帝曰：『道無鬼神，獨往獨來。』」【三】但是因為《在宥》篇借廣成子和鴻蒙展示了這種獨往的境界，於是後來逐漸被神仙道家坐實為遊仙的行為。《淮南子．精神訓》說：「若此人者，抱素守精，蟬蛻蛇解，遊於太清，輕舉獨往，忽然入冥。」【四】《抱朴子．論仙》說：「口斷甘肴，心絕所欲，背榮華而獨往，求神仙之幽漠。」【五】同書的《釋滯》、《明本》、《辨問》等篇都有意思相同的表述，將「獨往」解釋為「委六親於邦族，捐室家而不顧」，「淩嵩峻以獨往，侶影響於名山，內視於無形之域，反聽乎至寂之中」，【六】也就

【一】王先謙：《莊子集解》（北京：中華書局諸子集成本，一九五四年），頁六八。
【二】《列子》卷七，（北京：中華書局影印叢書集成初編本，一九八五年），卷〇五五四，頁八一。
【三】尹喜：《關尹子》，中華書局影印叢書集成初編本，卷〇五五六，頁四一。
【四】《淮南鴻烈解》卷七，中華書局影印叢書集成初編本，卷〇五八六，頁二二八。
【五】葛洪：《抱朴子．內外篇》內篇卷二，中華書局影印叢書集成初編本，卷〇五六一，頁二五。
【六】葛洪：《抱朴子．內外篇》內篇卷八，《釋滯》，中華書局影印叢書集成初編本，卷〇五六二，頁一四二。

是在深山裡修煉成道。由於這種修道和隱逸往往聯繫在一起，後世詩文中，關於「獨往」也就有了兩種使用語境。一種專指道士修煉，如郭璞《遊仙詩》「暘谷吐靈曜」首：「縱情在獨往。」[一]蕭綸《隱居貞白先生陶君碑》：「遺世獨往，是用忘歸。」[二]王績《答程道士書》：「但欲乘化獨往，任所遇耳。」[三]到唐代，連僧人出家也可稱獨往，如張說《別平一師》：「皎皎獨往心，不為塵網欺。」[四]獨孤及《唐故揚州慶雲寺律師一公塔銘序》：「超然獨往，與法印俱。」[五]陳詡《唐洪州百丈山故懷海禪師塔銘》：「獨往而學徒彌盛。」[六]等等。其原因正如王昌齡所說：「沙門既雲滅，獨往豈殊調。」[七]既然道士和沙門都是同樣的棄絕人事，那麼當然也可以稱為同調了。

另一種語境是表現隱逸。如謝靈運《入華子岡是麻源第三谷》：「且申獨往意，乘月弄潺湲。」[八]蕭衍《淨業賦》：「少愛山水，有懷丘壑，身羈俗羅，不獲遂志，舛獨往之行，乖任縱之心。」[九]都指隱逸不仕，而不一定修道。晉宋以後特別是唐代，在詩文中取此義的更多。獨往成為表示高蹈出世之意的常用詞。如王勃：「不然，則秋風明月，西江留獨往之因。」[一〇]于邵：「詠采薇以獨往。」[一一]張九齡：「惆悵獨往心。」[一二]徐彥伯：「聞有獨往客，拂衣捐世心。」[一三]任昇之：「頃退居商洛，入關披陳，山林獨往，交親兩絕」[一四]等等，都是以獨往表示隱居的心跡或行為，但不是修道求仙。

雖然修道或隱居都可以稱為獨往，但獨往的本意主要是一種精神境界，而不一定真的落實到出家辭親的行為。所以事實上暫時的遊憩於山林，也可以稱獨往。如王渙之《蘭亭

【一】見《唐代四大類書》之《古香齋初學記》卷二三，（北京：清華大學出版社影印，二〇〇三年），頁一七九七。
【二】《全上古三代秦漢三國六朝文》見（京都：中文出版社，一九八一年），「全梁文」卷二二，頁三〇八二。
【三】王績著，韓理洲校點：《王無功文集五卷本會校》（上海：上海古籍出版社，一九八七年），卷四，頁一五九。
【四】（清）彭定求等編：《全唐詩》（北京：中華書局，一九六〇年），卷八六，頁九二七。
【五】（清）董誥等編：《全唐文》（北京：中華書局，一九八三年），卷三九，頁三九六三。
【六】見《全唐文》卷四四六，頁四五四八。
【七】《觀江淮名勝圖》，見《全唐詩》卷一四〇，頁一四三二。
【八】顧紹柏：《謝靈運集校注》（鄭州：中州古籍出版社，一九八七年），頁一九六。
【九】見《全上古三代秦漢三國六朝文》「全梁文」卷一，頁二九四九。
【一〇】《上絳州上官司馬書》，見《全唐文》卷一七九，頁一八二四。
【一一】《送賈九鳴水序》，見《全唐文》卷四二八，頁四三六二。
【一二】《出為豫章郡途次廬山東岩下》，見《全唐詩》卷四七，頁五七四。
【一三】《和李適答宋十一入崖口五渡見贈》，見《全唐詩》卷七六，頁八二一。
【一四】《遺鄭補闕書》，見《全唐文》卷四〇八，頁四一七七。

詩》：「超跡修獨往。」【一】所修獨往之跡僅指蘭亭聚會。江淹《自序傳》：「山中無事，專與道書為偶，及悠然獨往，或日夕忘歸。」【二】也是指自己在山裡整天閒遊。至唐代，這類的獨往之意愈見增多。如王維《同盧拾遺過韋給事東山別業二十韻》：「素是獨往客，脫冠情彌敦。」【三】無論是王維還是盧拾遺，都不是隱士，獨往之處也不是山林，而是韋給事的別業。裴迪《輞川集．鹿柴》：「日夕見寒山，便為獨往客。」【四】所謂獨往也只是在王維的輞川別業閒居而已。常建：「時物堪獨往，春帆宜別家。」【五】意為春天來了適宜遠遊。孟浩然：「久負獨往願，今來恣遊盤。」【六】暫時來到雲門山遊盤就可以稱獨往。高適：「自堪成獨往，何必武陵源。」【七】歸隱官吏的茅舍也可以獨往，無須真的去桃花源。李華《賀遂員外藥園小山池記》：「悅名山大川，欲以安身崇德，而獨往之士，勤勞千里。豪家之制，殫及百金，君子不為也。」【八】這裡所稱讚的獨往之士，是花了較少費用而修建了一所藥園小山池的賀員外。由此引申，在任職期間出門遊了山水，也可以稱獨往，如韋應物《因省風俗，與從侄成緒遊山水，中道先歸寄示》：「獨往倦危途，懷沖寡幽致。」【九】出去觀覽風俗，是地方官的職責，同時順便遊賞山水，竟然因為疲倦而在獨往途中就歸來了。白居易《與微之書》說他在被貶江州時，「每一獨往，動彌旬日。」【一〇】雖然出去的時間超過十天，但也是在官任上「獨往」。

由以上詩例可以看出，「獨往」被廣泛使用於一般的遊覽山水的語境中，變得愈來愈世俗化，而這類詩例在盛唐最多見。其原因何在呢？這與盛唐的隱逸方式和觀念是密切有關的。筆者曾經在《山水田園詩派研究》一書中分析過當時的幾種隱逸方式，【一一】歸納起來大體有三類情況：一種是在入仕之前的隱居，如果家裡有山莊田園，或在某處置得田產，那就可以稱隱居了。如孟浩然四十歲前在襄陽家鄉讀書，王維十八歲前在洛陽東北「隱逸」，岑參十五歲隱於嵩陽，杜甫早年在陸渾山置田產等等，都屬此類。而不少文人專門跑到兩京附近的終

【一】逯欽立輯：《先秦漢魏晉南北朝詩》（北京：中華書局，一九八三年），「晉詩」卷十三，頁九一四。
【二】見《全上古三代秦漢三國六朝文》「全梁文」卷三九，頁三一七七。
【三】趙殿成：《王右丞集箋注》（上海：上海古籍出版社，一九八四年），頁一五。
【四】見《王右丞集箋注》，頁二四四。
【五】《閒齋臥病行藥至山館稍次湖亭》其二，見《全唐詩》卷一四四，頁一四五五。
【六】《遊雲門寺》，見徐鵬：《孟浩然集校注》（北京：人民文學出版社，一九八九年），頁三一。
【七】《同熊少府題盧主簿茅齋》，見《全唐詩》卷二一四，頁二二四〇。
【八】見《全唐文》卷三一六，頁三二一一。
【九】陶敏、王友勝：《韋應物集校注》（上海：上海古籍出版社，一九九八年），頁一八五。
【一〇】朱金城：《白居易集箋校》（上海：上海古籍出版社，一九八八年），頁二八一五。
【一一】見拙著：《山水田園詩派研究》（瀋陽：遼寧大學出版社，一九九二年），第五章第三節。

南山、嵩山、陸渾山去隱居，目的是走「終南捷徑」，也都可以算是為入仕作準備一類的隱居；二是在仕宦中暫時的賦閒。一般是在三年任滿之後等待吏部調選期間。如果是在地方官任上，可以在任所或附近購買「寄莊」，如高適《同群公題鄭少府田家》詩注說：「此公昔任白馬尉，今寄住滑台。」【一】古滑台在滑州，白馬縣為滑州屬縣。或者請鄰近的地方官為自己籌措田園，如王維曾隱居淇上，據筆者考證是當時任黎陽令的丁寓為他籌措了田宅。三是罷官之後以俸祿買得田園，就此終老，如杜甫所說「何日沾微祿，歸山買薄田」。【二】以上三類隱居方式都與仕宦有關，但總算都不是在任職期間，所以還可以稱為「隱逸」。

在上述三類隱逸方式以外，盛唐詩裡所謂的隱逸，往往是指朝隱或吏隱，即任官期間的假日休沐、或與同僚遊覽兩京有名的別業。或在長安附近置有別業，每天下朝回家住在郊園裡，也都可以稱為隱居。關於這一點筆者曾有詳細論述，此處不贅。總之在這類吏隱生活中，「朝與隱是如此相互滲透，如此自然地統一在山池、別業中，城野之間的差別已完全消失。」【三】無論是朝隱還是待時之隱，都不具備秦漢典籍所說的棄家離親、「背榮華如棄跡，絕可欲於胸心」【四】的「獨往」實質。而唐人將這種「廊廟心存岩壑中」【五】的生活稱為獨往，雖然在許多語境下，只是一種風雅的塗飾，但是也不能不看到，盛唐人對於獨往的理解是更偏重於將精神和形跡分開的。因為只要處身於山水之中，還是可以在心理上做到暫時忘卻塵俗，體會「內視於無形之域，反聽乎至寂之中」【六】的境界，哪怕只是一時的「顧影含歡，漱流忘味」，也算是「超然獨往，浩然得意」了。【七】其實從這一點來說，倒是更符合東晉玄學的本意。《莊子．外篇．在宥》說：「有大物者不可以物物，而不物故能物物。」【八】東晉名僧支遁藉以解釋《逍遙遊》中的「至人無待」，認為「至人乘天正而高興，遊無窮於放浪；物物而不物於物，則遙然不我得，玄感不為，不疾而速，則逍然靡不適。此所以為逍遙

【一】見《全唐詩》卷二一二，頁二二〇五。
【二】《重過何氏五首》其五，見仇兆鼇：《杜詩詳注》（北京：中華書局，一九七九年），頁一七一。
【三】見拙著：《山水田園詩派研究》，頁一八一。
【四】葛洪：《抱朴子．內外篇》內篇卷八，《釋滯》，中華書局叢書集成初編影印本，卷〇五六二，頁一四二。
【五】趙彥昭：《奉和聖制幸韋嗣立山莊應制》，見《全唐詩》卷一〇三，頁一〇九〇。
【六】見《抱朴子．內外篇》內篇卷八，《釋滯》，頁一四二。
【七】見《抱朴子．內外篇》內篇卷十二，《辨問》，頁二二九。
【八】見《莊子集解》，頁六八。這兩句在《莊子集釋》中的句讀點為：「有大物者，不可以物，物而不物，故能物物。」意思差別不大，但《莊子集釋》更明確。

也。」【一】他認為人雖然要憑藉於物（即物物），但只要做到「不物於物」，即心不役於物，就可以達到逍遙無待的境界。也就是說行跡和心跡是可以分開的。王維說得更透徹：「苟身心相離，理事俱如，則何往而不適。」【二】意為身心可以分離，身雖役於物，而心不役於物，就可以使任自然之理和仕宦之事一致，做到無往而不適。【三】既然如此，那麼即使是身在廊廟之下，只要心在山林之中，也是可以達到獨往之境的。從這一意義上說，盛唐人正是通過辯證地看待廊廟和山林的關係，以「獨往」的境界繼承和發展了支遁的理念，儘管從今存支遁的玄言詩裡看不到「獨往」的語詞表述。【四】

「獨往」不僅概括地表現了盛唐詩人在山水中體悟的任自然的玄理，而且常常不露痕跡地化入藝術表現之中。詩人在體悟獨往的境界時，往往有意無意地突出詩人獨往獨來的形象，「忽然入冥」【五】的行跡，從而創造出清空幽獨、令人神往的意境。如果從這一點着眼來重讀某些山水詩名作，會有更深一層的理解。如孟浩然《夜歸鹿門歌》【六】：

山寺鳴鐘晝已昏，漁梁渡頭爭渡喧。人隨沙岸向江村，余亦乘舟歸鹿門。
鹿門月照開煙樹，忽到龐公棲隱處。岩扉松徑長寂寥，唯有幽人自來去。

黃昏是江村最熱鬧的時候，而渡口又是人群最集中的地方。詩人就選擇了這一天之中最喧鬧的時間和地點，開始他的夜歸之旅。詩人的去向與歸村的人們相反，正體現了獨往的意趣。鹿門山在夜霧籠罩下，密林深邃，不見人徑。經月光照射，才顯出路來。這「龐公棲隱處」的深幽和隔絕人世也就可以想見了：此處岩石鑿成的大門，松樹夾道的小徑，永遠寂寥無聲，只有幽人自來自往。這兩句可以理解為追想龐德公當年在此獨來獨往的情景。也可以理解為詩人以龐公自比：自己住在龐公棲隱過的鹿門，現在又在夜間獨自歸來，正是當年「幽人自來去」的情景的再現。以前評詩者雖然激賞此詩意境的空靈幽深，但又認為情調過於幽冷孤寂。如果從獨往的角度來看，就不難明白詩人正是借此將龐公的神魂與自己合而為一

【一】余嘉錫：《世說新語箋疏》（上海：上海古籍出版社，一九九三年），《文學》篇劉孝標注，頁二二〇。
【二】《與魏居士書》，見《王右丞集箋注》，頁三三四。
【三】參見本書〈東晉玄學自然觀向山水審美觀的轉化〉及〈蘇軾詩文中的理趣〉對這一問題的詳細論述。
【四】但是與支遁同時的王渙之《蘭亭詩》有「超跡修獨往」。王胡之《贈庾翼詩》有「幼安獨往」。
【五】見《淮南鴻烈解》卷七，頁二二八。
【六】見《孟浩然集校注》，頁八五。

了。詩裡雖然沒有「獨往」一詞，但正如李白詩所說：「我心亦懷歸，屢夢松上月。傲然遂獨往，長嘯開岩扉。」[一]這不正是孟浩然詩中意境的注解嗎？杜甫說得更清楚：「浮俗何萬端，幽人有獨步。龐公竟獨往，尚子終罕遇。」，[二]明白說出那獨步的幽人就是獨往的龐公。對照李杜二詩，更容易見出孟詩在夜歸途中寄寓獨往之意的巧妙和現成。又如王維的《終南別業》[三]：

中歲頗好道，晚家南山陲。興來每獨往，勝事空自知。
行到水窮處，坐看雲起時。偶然值林叟，談笑無還期。

以前學界解此詩，多着眼於禪意，筆者也曾認為「詩中所表現的自由自在的純任自然的意興，與玄學家有相通之處，而人心與水窮雲起之景的默契，卻包含着南宗所說『放捨身心，全令自在』、『心無所行，心地若空，慧日自現』（懷海《大乘八道頓悟法要》）的旨趣」。[四]這理解雖然也不錯，但只注意了第三聯的意思，卻忽略了其餘三聯。反過來看《詩人玉屑》所評：「此詩造意之妙，至與造物相表裡，豈直詩中有畫哉！觀其詩，知其蟬蛻塵埃之中，浮遊萬物之表者也。」[五]倒是真正理解了詩中的獨往之意。《淮南子·精神訓》說：「若此者，抱素守精，蟬蛻蛇解，遊於太清，輕舉獨往，忽然入冥。」【六】《玉屑》所評，正是此意。勝事空有自知，獨看水窮雲起，行止任其自然，心跡同樣了無滯礙，這不正是《列子．力命》所說「獨往獨來，獨出獨入，孰能礙之」的境界嗎？隨水流任意而行，與林叟談笑而無還俗之期，這不正是「離群以獨往」【七】、「浩然得意」、「漱流忘味」【八】的玄趣嗎？此詩之妙，正在於沒有任何玄言和佛語，只是展現了水與雲的自然變化與主人公獨遊其中的自得之樂，便讓人領悟了其中無窮的理趣。倘若由此着眼，重讀王維的《青溪》、《過香積寺》、《輞川集》二十首等，都可以品出新的意味。

【一】《贈別王山人歸布山》，見王琦注：《李太白全集》（北京：中華書局，一九七七年），頁七四六。

【二】《雨》「山雨不作泥」，見《杜詩詳注》，頁一六七二。

【三】見《王右丞集箋注》，頁三五。

【四】見拙著：《山水田園詩派研究》，頁二四五。

【五】魏慶之編：《詩人玉屑》（上海：中華書局上海編輯所，一九五九年），卷十五，頁三一四。

【六】見《淮南鴻烈解》，頁二二八。

【七】見《抱朴子．內外篇》內篇卷十，《明本》，頁一八一。

【八】見《抱朴子．內外篇》內篇卷十二，《辨問》，頁二二九。

李白深受道教和道家影響，他那在太清之中自由遨遊、獨往獨來的藝術形象可以說是最典型地體現了莊子理想的獨往境界。實際上李白在他全部詩歌中所突顯的正是一個獨往之至人的形象。這種獨往與一般盛唐山水詩似乎有所不同，他的精神飛揚於天地之間，完全沒有人間和仙界、現實和夢境的界分。但從李白的不少山水詩可以看出，他正是將這種乘天而遊的境界和「獨往」山林的意趣視為同一義的，或者也可以說，李白以他獨遊太清的形象闡釋了山林獨往的精神內涵。如《送王屋山人魏萬還王屋》：「沛然乘天遊，獨往失所在。」【一】《答長安崔少府叔封遊終南翠微寺》：「多君紫霄意，獨往蒼山裡。」【二】《同友人舟行遊台越作》：「蹇予訪前跡，獨往造窮髮。」【三】等等，都將獨往蒼山和乘天雲遊等同起來。試看其《廬山東林寺夜懷》【四】：

> 我尋青蓮宇，獨往謝城闕。霜清東林鐘，水白虎溪月。天香生虛空，天樂鳴不歇。宴坐寂不動，大千入毫髮。湛然冥真心，曠劫斷出沒。

如果僅從字面上解，這首詩似乎只是讚美東林寺的莊嚴神聖以及夜景的清空靜美。除了首四句以外，幾乎每句都是用佛教典故。寫自己在此聞到天香，聽見天樂之後，在靜坐之中領悟入於三昧之時，可將大千世界「置一毛端」，「往來旋轉如陶家輪」【五】的境界。進入到湛然不動、真心沉冥的程度時，更連生死相續、萬劫輪迴的變化也都寂滅了。但此詩開頭說此行是辭謝城闕而獨往，所以詩裡寫的也是獨往之境，前面說過唐人將歸入沙門也看作獨往。聯繫詩題來看，更可說明詩人「夜懷」的不僅僅是佛教的這些基本道理，而是說在寂坐不動中，可以領悟精神的獨往，因為只有「出乎六合」，「反聽乎至寂之中」才能聞見天香天樂；「內視於無形之域」，才能看見大千世界入於毫髮；只有真心進入清湛沉冥的狀態，才能與世俗塵緣了斷。所以詩人是借夜懷所見佛境天界再現了獨往的精神境界，形象地說明了獨往其實也就是在沉冥中內視返聽的精神狀態，可見李白對於莊子「獨往」的內在意蘊具有深刻的理解。由此視角來看他的山水詩，就有新的會心。如他的小詩《山中問答》【六】：

【一】見《李太白全集》，頁七四八。
【二】見《李太白全集》，頁八七六。
【三】見《李太白全集》，頁九二九。
【四】見《李太白全集》，頁一〇七五。
【五】王琦注《李太白全集》注引《法苑珠林》釋句意，頁一〇七五。
【六】見《李太白全集》，頁八七四。

問余何事棲碧山，笑而不答心自閒。桃花流水杳然去，別有天地在人間。

棲碧山也就是獨往，詩人雖然沒有用這個詞，但借杳然不知所往的桃花流水暗示了詩人將隨之而去的去向。那世外的天地就是世俗之人無法理解的獨往的境界，而這種境界唯有心境真正閒寂的人才能進入。這就令山中人的微笑中別有一種玄機耐人尋味，令詩境變得更加含蓄無垠。體會到這一點，就可以理解《夢遊天姥吟留別》中那「一夜飛渡鏡湖月」的詩人，其實也是借夢幻展示其隨「謝公」獨往的去向；《廬山謠》中的詩人則更在高空鳥瞰茫茫九派，與仙人們一起在天空自由翱翔，期待着和盧敖一起，在不可知的世外獲得永恆的自由。這兩首詩綜合了遊仙和隱逸，包含着「獨往」最早使用的兩種意義。但無論夢境還是仙境，其實仍然屬於李白的精神世界，因此與盛唐山水詩的「獨往」本質上是一致的。也正是由於對莊子獨往的精神實質的深刻理解，李白才會在夢境和神遊中獲得超然世外、從天上俯視的視點，創造出如此壯美的意境，為自己展開來去自由、不受時空和一切自然規律限制的廣闊天地。而詩人自己也藉此成為獨立於天地之間的巨人，再現了莊子理想的「大人」形象。

由此可見，莊子「獨往」的理念在盛唐特別流行，而且在山水詩中回歸其本意，強調在精神上獨遊於天地之間，不受任何外物阻礙的極高境界，與盛唐人對待仕隱的態度有關，反映了他們渴望精神自由獨立的人生理想。而「獨往」這一概念的形象性，又很容易啟發詩人對獨往環境和幽人風神的想像，完成從獨往之理到獨往之境的轉化。因此盛唐山水詩中幽獨、悠遠、空靈的意境，和深長的哲理意味，正得力於詩人們對「獨往」的深刻領悟。

二

在唐代詩文中，與「獨往」意義相關的還有「虛舟」一詞。如李義府《大唐故蘭陵長公主碑》：「泛虛舟而獨往，鑒止水而忘歸。」[一]有時作者也用「扁舟」或「孤棹」和「獨往」相連。如杜頠《集賢院山池賦》：「何扁舟之獨往，何倒影之遠尋。」[二]常建《漁浦》詩：「扁舟與天際，獨往誰能名。」[三]唐彥謙《蒲津河亭》：「孤棹夷猶期獨往。」[四]從這些例子來看，似乎「虛舟」或「扁舟」只是獨往的一種方式，因為泛舟滄海也是隱居。但是從大量使用「虛舟」的唐代詩賦來看，虛舟的含義非常豐富，既與「獨往」相關，也有其獨立的意蘊，而且

【一】見《全唐文》卷一五三，頁一五六四。
【二】見《全唐文》卷七五七，頁七八六三。
【三】見《全唐詩》卷一四四，頁一四六〇。
【四】見《全唐詩》卷六七一，頁七六七二。

也和「獨往」一樣，在山水詩中由理念轉化為意境的創造。

「虛舟」一詞源自《莊子．外篇．山木》：「吾願去君之累，除君之憂，而獨與道遊於大莫之國。方舟而濟於河，有虛船來觸舟，雖有惼心之人不怒，有一人在其上，則呼張歙之，一呼而不聞，再呼而不聞，於是三呼邪，則必以惡聲隨之。向也不怒而今也怒，向也虛而今也實，人能虛己以遊世，其孰能害之！」【一】這段話本意是論人生在世如何去除憂患，以兩船相觸作為比喻，虛舟來觸，即使心地最偏狹的人也不會發怒；船上如果有人，則惡聲相向，原因在虛與實的差別，由此引申出人如果能處世無心，聽任外物，自由自在地遊於廣漠太虛之境，那麼即使被外物所觸忤，也沒有傷害了。《莊子．雜篇．列御寇》又說：「巧者勞而知者憂，無能者無所求，飽食而遨遊，泛若不繫之舟，虛而遨遊者也。」【二】意為智慧靈巧只能使人勞累和憂慮，無能的人沒有欲求，飽食終日，無所事事，自在遨遊，像沒有被纜索繫住的船一樣，這就是虛己而遨遊的人。這段意思和上段一樣，都是強調人應當無欲無求，去除巧智，讓自己心地空虛，就可以遨遊於大自在之境。前文中的虛舟和後文中的不繫之舟都是比喻人要虛己，這就使虛舟和不繫舟意義相近，並且都在後代詩文中廣為引用。

「虛舟」和「不繫舟」在後世詩文中的使用也有多種語境。第一種指無人駕駛的船隻，比喻人胸懷虛曠，沒有欲求，可以像虛舟一樣自由飄遊於浩然之境。這是莊子的原意，與「獨往」的境界相通，因為獨往也是抱素守精，出入六合，自由遨遊。只是虛舟更側重在人的心境虛空和不受羈絆。如阮籍《東平賦》：「憑虛舟以逞思兮，聊逍遙於清溟。」【三】李諧《述身賦》：「獨浩然而任己，同虛舟之不繫。」【四】意思相同。與「獨往」一樣，這種意義不僅用於道士，也用於沙門，如李隆基《為趙法師別造精院過院賦詩》：「宗師心物外，為道運虛舟。」【五】是為道教法師而作，丁仙芝《和薦福寺英公新構禪堂》：「一枕西山外，虛舟常浩然。」【六】則認為虛舟浩然也可以形容禪境之虛空自由。

第二種語境是以虛舟比喻處世應物的態度，此意與第一種相通，只是更側重於觸物時如何應對以自求保全。如皎然《南池雜詠五首．虛舟》：「虛舟動又靜，忽似去逢時。觸物知無迕，為梁幸見遺。」【七】這是將《莊子．外篇．山木》中「處於材於不材之間」的意思和虛舟

【一】見《莊子集釋》卷二上，頁一二三—一二四。
【二】見《莊子集釋》卷二下，頁二一〇。
【三】陳伯君：《阮籍集校注》（北京：中華書局，一九八七年），頁一五。
【四】見《全上古三代秦漢三國六朝文》「全後魏文」卷三五，頁三六九一。
【五】見《全唐詩》卷三，頁三七。
【六】見《全唐詩》卷一一四，頁一一五五。
【七】見《全唐詩》卷八二〇，頁九二四六。

之觸物不忤聯繫起來，更強調明哲保身。白居易《贈吳丹》：「宦途似風水，君心如虛舟。泛然而不有，進退得自由。」【一】《感興二首》其一：「只見火光燒潤屋，不聞風浪覆虛舟。」【二】則是說以虛舟的態度應對宦海風波，可以進退自由，不致覆沒。徐鉉《和江西蕭少卿見寄》其二：「世路風波自翻覆，虛舟無計得沉淪。」【三】與白詩意思相同。在這種語境中，唐人又往往強調心地的虛空可達到至清至明的境界，於是出現明鏡和虛舟的對仗。如張九齡《祭張燕公文》：「懸鏡待人，虛舟濟物。妙用無數，精心唯一。」【四】謂張說待人接物如同明鏡，既可洞達外物，又能做到虛己無心而保其光鑒。不妨聯繫于可封《至人心鏡賦》（以「人心融道，清鑒應物」為韻）來進一步理解張九齡的意思：「明白四達，照幽燭深，希洞視而元鑒，在無心而用心。苟能忘己，作虛舟之泛，必保其光，得秦鏡之鑒。」【五】這段賦有規定的韻腳，顯然是科舉試題。這說明將清鑒應物和虛舟應物聯繫起來思考，已經成為一個公眾話題。虛舟本是比喻「虛己以遊世」，虛己就是處世無心，心境虛空，明鏡清鑒正是這虛空心境的形象說明。李百藥說：「懸明鏡於無象，運虛舟於彼岸。」【六】也正是在二者的內在聯繫中看到了虛舟之說適用於佛教之處。

　　第三種語境是傷悼人的去世。如蕭綱《戎昭將軍劉顯墓銘》：「營營返魄，泛泛虛舟。」【七】《梁書·王僧辯傳》：「即虛舟而設奠，想徂魂而有知。」【八】這是將人生視為虛舟，神魂的消逝正如同虛舟之飄逝。所以庾蘊《蘭亭詩》說：「仰想虛舟說，俯歎世上賓。」【九】人生在世如同過客，轉眼即逝，如虛舟般不知所往。這種語境雖然罕見於唐代詩文，但是可以引申出對於命運的聯想。即第四種語境：虛舟不繫、任其飄流，與人事飄忽、播遷不定之間自然形成一種模擬關係，因此自秦漢至唐用此意者極多。這層意思原本也來自《莊子．雜篇．列御寇》的本文「泛若不繫之舟」，後來為佛教發揮到人生寄世的意思上。支遁《與桓太尉論州符求沙門名籍》：「然沙門之於世也，猶虛舟之寄大壑耳。」【一〇】姚興《通不住法住般若》：「欲

【一】見《白居易集箋校》，頁二八六。
【二】見《白居易集箋校》，頁二一七四。
【三】見《全唐詩》卷七五五，頁八五八三。
【四】見《全唐文》卷二九三，頁二九七四。
【五】見《全唐文》卷六二一，頁六二六九。
【六】《大乘莊嚴經論序》，見《全唐文》卷一四二，頁一四四二。
【七】見《全上古三代秦漢三國六朝文》「全梁文」卷十三，頁三〇二七。
【八】《梁書．王僧辨傳》（北京：中華書局，一九七三年），頁六三一。
【九】見《先秦漢魏晉南北朝詩》「晉詩」卷十三，頁九〇九。
【一〇】（梁）僧佑：《弘明集》卷十二，（上海：商務印書館影印四部叢刊初編〔縮本〕，一九一一年），子部一〇九，頁一六六。

使行人忘彼我，遺所寄，泛若不繫之舟，無所倚薄，則當於理矣！」【一】姚嵩的《上述佛義表》【二】也表述了同樣的意思。沙門正是可以遺忘彼我和外物的行人，所以他們的人生像不繫之虛舟，暫寄於大壑之中，飄泊沒有定止之所。此後以虛舟比喻人生命運的詩文非常多。如晉史宗《詠懷詩》：「浮遊一世間，泛若不繫舟。」【三】李白《魯郡葉和尚贊》：「逆旅形內，虛舟世間。」【四】趙昂《浮萍賦》：「象虛舟而不繫，或倏往而忽來。類至人之無心，更出生而入死。」【五】法振《越中贈程先生》：「紗帽度殘春，虛舟寄一身。」【六】都是以虛舟比喻人生如寄之感。由此又自然關聯到人生在世到處飄流無定的行跡，所以許多貶謫或行旅的詩也常用虛舟或不繫舟比喻無法掌控自己的命運。如宋之問《自衡陽至韶州謁能禪師碑》：「謫居竄炎壑，孤帆淼不繫。」【七】李白《寄崔侍御》：「宛溪霜夜聽猿愁，去國長為不繫舟。」【八】獨孤及《寒夜溪行舟中作》：「孤舟獨不繫，風水夜相逐。」【九】等等，這就使虛舟的意象大量進入山水行旅詩中。

山水行旅詩中的虛舟或不繫舟有時意思單純，並無深意，主要是借舟之飄流比喻行跡之不定。但是由於虛舟和不繫舟的詞語本來包含玄理，所以在更多的詩文中這兩個意象包含了多層的意蘊。樊陽源的《虛舟賦》（以「浩然任觸，君子之心」為韻）對唐人理念中的虛舟內涵作了精當的闡發：「元理可得，真宗可尋。惟虛舟之不繫，同大道之無心。每悠然而去住，恆泛泛而浮沉。寂慮為徒，必澄淡而方息，在物無競，信風濤而莫侵。」「任東西之漂蕩，隨風水之推遷。中含虛而自若，外守正以無偏。……是則虛其舟川得以寧，虛其心人寡於欲。既與道而合契，亦無情於相觸。」【一〇】這段解釋包含了上文所說的第一、第二和第四種語境。也就是說，小至人事之間的衝撞抵牾，大至命運的坎坷播遷，只要胸懷虛曠、心境澄淡，無競於物、任化委運，就能達到與大道契合的境界。虛舟和獨往雖然都是遊於大道的意思，但獨往較側重在離世棄俗、高蹈出塵的外在行跡，而虛舟更側重在排除欲念、寂慮靜心的內在

【一】（唐）道宣：《廣弘明集》卷二一，（上海：商務印書館影印四部叢刊初編〔縮本〕，一九一一年），子部一一〇——一一二，頁二五六。
【二】見《全上古三代秦漢三國六朝文》「全晉文」卷一五三，頁二三四五——二三四六。
【三】見《先秦漢魏晉南北朝詩》「晉詩」卷二十，頁一〇八七。
【四】見《李太白全集》，頁一三三八。
【五】見《全唐文》卷六二二，頁六二七七。
【六】見《全唐詩》卷八一一，頁九一四一。
【七】見《全唐詩》卷五一，頁六二二。
【八】見《李太白全集》，頁六九四。
【九】見《全唐詩》卷二四六，頁二七六六。
【一〇】見《全唐文》卷六一四，頁六一九六。

修養。【一】兩者從內外兩方面形象地比喻了如何達到大道的途徑。唐代詩文特別是盛唐山水詩中對虛舟的使用更多是包含了上述樊陽源所闡發的多種意思在內的。比如李頎《寄萬齊融》：「名高不擇仕，委世任虛舟。」【二】白居易《秋寒》：「身外名何有，人間事且休。澹然方寸內，唯擬學虛舟。」【三】都是說鄙棄名利等世俗爭競，心境澹然，委運自然。李白《贈僧崖公》：「虛舟不繫物，觀化遊江濆。」【四】皎然《奉和顏魯公真卿落玄真子舴艋舟歌》：「得道身不繫，無機舟亦閒。」【五】都是稱道對方如虛舟般不繫於物，沒有機心，所以能在遨遊山水中從容觀察大化，得悟大道。

虛舟和獨往一樣，本來是一個形象的比喻，而「遊於滄海」、「泛舟五湖」又是隱逸的常見表述方式，因而現實生活中的「扁舟」的實象自然和「虛舟」的理念合為一體，成為隱逸、贈別及山水遊賞題材中最樂用的意象。早在謝靈運詩裡，就曾巧妙地借虛舟表現其水上行旅的感想：「溟漲無端倪，虛舟有超越。」【六】字面上是寫海潮無邊，舟船輕疾，但這裡實際是借虛舟的含意比喻自己當如虛舟不繫於物，以溟漲喻大道浩然。謝靈運山水詩善於由景物聯想到玄理，但玄言痕跡較顯。盛唐山水詩用「虛舟」善於融化，便自然現成，如孟浩然《歲暮海上作》：「虛舟任所適，垂釣非有待。為問乘槎人，滄洲復何在。」【七】也是作於海上行旅之時，「非有待」和「任所適」雖為玄理，但切合乘舟和垂釣的眼前實景，能寫出不肯沽名釣譽、心無所繫的虛曠情懷，神情更加自在。李白《贈宣城宇文太守兼呈崔侍御》：「或弄宛溪月，虛舟信洄沿。」【八】在宛溪月下泛舟於曲折水流的遊興中暗寄心不繫物的樂趣。高適《同薛司直諸公秋霽曲江俯見南山作》：「片雲對漁父，獨鳥隨虛舟。我心寄青霞，世事慚白鷗。」【九】既寫出曲江雲淡天青、鷗鳥隨船飛翔的美景，又借片雲、獨鳥暗喻隱居的孤清，表明自己寄心大道，欲棄世事的心跡。這裡用虛舟比喻遊船，意為願如陶淵明自比的「獨鳥」那樣隨虛舟飄遊，比興的含意雖然比較醒豁，但又暗含獨往之意，巧妙而現成。又如杜甫《題張氏隱居

【一】唐玄宗：《通微道訣碑文》：「靜心而不繫者，虛舟也。」見《全唐文》卷四一，頁四五四。
【二】見《全唐詩》卷一三二，頁一三三九。
【三】見《白居易集箋校》，頁一三三〇。
【四】見《李太白全集》，頁五四二。
【五】見《全唐詩》卷八二一，頁九二五八。
【六】《遊赤石進帆海》，見《謝靈運集校注》，頁七八。
【七】見《孟浩然集校注》，頁三六。
【八】見《李太白全集》，頁六〇九。
【九】見《全唐詩》卷二一二，頁二二〇四。

二首》其一：「乘興杳然迷出處，對君疑是泛虛舟。」【一】寫自己在張氏隱居之處乘興遊賞以致杳然不知所往，疑似進入了泛若不繫之虛舟的境界，也很有情趣。皇甫冉《落第後東遊留別》：「九江連漲海，萬里任虛舟。」【二】寫自己落第後失落的心境和將要泛舟萬里的意向，用「任虛舟」一詞便包含了當時人們都能深切理解的回歸自然的意味。

由於「虛舟」的含意從六朝到唐代盡人皆知，用在詩裡比較容易看出比喻的用心。相比而言，「不繫舟」進入山水意境可以更加不着痕跡。如由此着眼解讀某些山水詩名作，也可以更深刻地理解其妙境。如司空曙《江村即事》：「釣罷歸來不繫船，江村月落正堪眠。縱然一夜風吹去，只在蘆花淺水邊。」【三】這首詩勾勒出江村夜歸的一幅小景。歸去自眠的詩人任那隻不繫的小船在月下的蘆花蕩裡漂浮，景色清雅而又有自在之逸趣。這隻不繫的釣船令人聯想到閒居江村的詩人如同不繫之舟一樣無所羈絆，自在淡泊，因而即使是在蘆花淺水中也能尋到大道浩然的境界。韋應物也很善用不繫舟的意象，《自鞏洛舟行入黃河即事》：「夾水蒼山路向東，東南山豁大河通。寒樹依微遠天外，夕陽明滅亂流中。孤村幾歲臨伊岸，一雁初晴下朔風。為報洛陽遊宦侶，扁舟不繫與心同。」【四】詩人以盡量淡化和簡化的意象烘托黃河水面的空曠以及天空的寥廓，甚至追問到孤村落生之初，猶如面對水天的浩然，追問大道的初始。這就自然聯想到自己的扁舟正如不繫之虛舟，那麼與不繫舟相同的心境也就自然表現出來了。再看柳宗元的《漁翁》：「漁翁夜傍西岩宿，曉汲清湘燃楚竹。煙消日出不見人，欸乃一聲山水淥。回看天際下中流，岩上無心雲相逐。」【五】雖然筆者以前也體會到這首詩寫漁翁依山傍水、行宿無常的生活，表現了與追隨無心的雲水同歸自然的「任天和」的意趣，但是尚未看到詩裡沒有出現的不繫舟的深意。現在讀劉長卿的《贈湘南漁父》：「問君何所適，暮暮逢煙水。獨與不繫舟，往來楚雲裡。」「沉鉤垂餌不在得，白首滄浪空自知。」【六】有豁然開通之感。如以這首詩與柳詩相比照，可以看出柳宗元在《漁翁》中暗寓的正是與不繫舟獨自往來於滄浪之中的理趣，詩中強調岩上白雲的「無心」，也正是虛舟不繫的無心之意。但是詩裡沒有寫舟，而是讓人通過「欸乃一聲」和白雲的追逐去想見那與漁翁一起「不見」的不繫之舟，真正把這漁翁的船寫到了虛處。於是，「漁父」、「虛舟」這些已經玄理化的語詞，

【一】見《杜詩詳注》，頁八。
【二】見《全唐詩》卷二四九，頁二八〇〇。
【三】見《全唐詩》卷二九二，頁三三二四。
【四】見《韋應物集校注》，頁八一。
【五】見《柳宗元集》（北京：中華書局，一九七九年），頁一二五。
【六】見《全唐詩》卷一五一，頁一五七七。

又重新還原為生動的意象，與清湘的優美晨景構成了空靈的意境。因此從不繫舟的角度解讀此詩，更可以體會柳詩使玄理深蘊於山水的神韻之中的妙境。

由於獨往和不繫舟的根本旨趣都是遊於大道，所以一些名作往往兼有二者的意境。如韋應物的名作《滁州西澗》：「獨憐幽草澗邊生，上有黃鸝深樹鳴。春潮帶雨晚來急，野渡無人舟自橫。」〔一〕無人乘坐、自在地橫在渡口的小船，不正是一隻不繫的虛舟嗎？詩人在滁州公務之暇獨遊幽靜的西澗，不也正是唐人所說的「獨往」嗎？只是這種感悟自然地體現在渡船的情態和詩人遊澗的興致之中，絲毫不着痕跡罷了。又如常建的《西山》：「一身為輕舟，落日西山際。常隨去帆影，遠接長天勢。物象歸餘清，林巒分夕麗。亭亭碧流暗，日入孤霞繼。渚日遠陰映，湖雲尚明霽。林昏楚色來，岸遠荊門閉。至夜轉清迴，蕭蕭北風厲。沙邊雁露泊，宿處蒹葭蔽。圓月逗前浦，孤琴又搖曳。泠然夜遂深，白露沾人袂。」〔二〕在詩人的意念中，自己和輕舟已融為一體，輕舟即我，我即輕舟，在西山下的湖面上隨興之所至，到處漂蕩。從黃昏到夜深，忘記了日夜的差別，只看到湖天景色的變化，這不就是不繫之舟「任東西之漂蕩，隨風水之推遷」（《虛舟賦》）的意象嗎？而詩人在這不見人跡的幽靜湖面中，愈轉愈深，流連忘返，這不就是泠然獨往的意趣嗎？而展現在眼前的是一片「物象歸餘清」的空明世界，但見水天相映，月影搖曳，這又正是詩人泛虛舟而獨往所抵達的浩然之境。類似的詩例還有不少，如他的《晦日馬鐙曲稍次中流作》寫詩人夜宿蘆葦之中，清晨「初日在川上」時，乘小舟「出浦見千里，曠然諧遠尋」的開朗之感，以及「扣船應漁父，同唱滄浪吟」的隱逸意趣，也表現了虛舟進入浩然之境的體悟。【三】王維的《藍田山石門精舍》前半首寫的也是詩人「漾舟信歸風」，「玩奇不覺遠」，任小舟在溪水中自由漂蕩，不覺日暮，在迷途中忽然轉入「道心及牧童，世事問樵客」【四】的一片山林中。與其他詩歌不同的只是，王維在這次獨往中所悟的大道是由這個與世隔絕的桃花源般的石門精舍的環境體現出來的。

盛唐山水詩中的這些深意雖然可以在詩的意境中領會，但詩人絕不是刻意借景以寄託玄理，這與謝靈運的某些寫景玄言詩正相反。盛唐山水詩皆由直尋而得，對景物有所感悟，便構成詩境。所謂感悟也並非玄理的頓悟，而是對眼前意境的領悟和一時興致的觸發。倘若所遇情景恰好包含着某種玄趣或道境，那麼詩人在意境構造中是有自覺意識的，因而能令識解的讀者在詩境中體會出更深的一層意蘊，這或許也是「妙悟」的另一種含意。同時，獨往

【一】見《韋應物集校注》，頁五三〇。

【二】見《全唐詩》卷一四四，頁一四五七。

【三】見《全唐詩》卷一四四，頁一四五六。

【四】見《王右丞集箋注》，頁三三、三四。

和虛舟雖然是玄理的概念，但由於其意象在盛唐山水隱逸詩中的廣泛使用，其含義為眾所周知，可以自然地轉化為一種幽適之境和自在之趣，即使沒有刻意寄託，也能引發有關哲理的聯想。因此這類玄理在詩境中猶如水中之鹽，不見其跡而唯有言外之味，使盛唐山水詩在優美的意境之外別具神韻。

綜上所論，「獨往」和「虛舟」是一對源自《莊子》的哲學概念，後來在兩晉玄學、道教佛教典籍，以及唐代詩文的各種語境中得到多重闡釋，內涵愈益豐富。由於其理念本身以形象鮮明的比喻來表述，而且其含意最適合在描寫隱逸生活和山水遊賞的詩歌中充分發揮，因而其意象自然化為山水詩意境的組成部分，從詩人的行跡和心境兩方面表現盛唐詩人對超然物外、遊於大道的妙悟。這種山水中的玄趣和道境與禪境和禪悟是完全一致的，可以隱含在幽適沖淡、悠然自在的各種詩境中，這就是盛唐山水詩獨具「泠然獨往」之趣的基本原因。

原載《文學遺產》二〇〇九年第五期
二〇一六年七月改定於北京

中晚唐的郡齋詩和「滄洲吏」

郡齋詩源於謝靈運而成就於謝朓，但梁陳至初盛唐作者十分寥落。大曆以後，郡齋詩的數量才明顯增多，其創作主力是一些自詡為「滄洲吏」的郡縣官吏。所謂「滄洲吏」，與吏隱的內涵大同小異。十年前蔣寅先生首先從大曆詩歌及「武功體」的吏隱主題開始，對秦漢至明清的吏隱的歷史淵源、實現方式和詩歌的關係做了綜合性的探討。近年來有一些年輕學人再加以發揮，並運用赤井益久先生將吏隱分出「隱於吏中」、「兼吏隱」、「以吏為隱」等幾個層面的觀點，着重研究唐代韋應物、白居易和姚合這三位詩人的吏隱思想和吏隱詩，【二】這些論文已經涉及部分作於郡齋的詩歌，只是沒有專門論述而已。【三】筆者曾在九十年代初提出過「郡齋詩」的概念，最近重新研讀相關資料，注意到中晚唐的「郡齋言詩」不僅具有普遍性，而且因作者的創作心態和創作環境的特定性，實際上形成了一種不同於唐代別業詩的詩歌類型。所以擬從郡齋詩和「滄洲吏」自大曆開始同步增多的現象出發，對二者的關係和這一詩歌類型的特點和形成原因作進一步探討。

一

「郡齋詩」和「滄洲吏」都是唐人自己提出的說法，二者的關係十分密切，成為中晚唐詩歌創作中的一個獨特現象，但在以往的唐詩研究中尚未受到關注。因此首先有必要追溯這兩個概念的緣起，並對其基本內涵作出初步的界定。

作於郡齋的詩歌可以溯源到謝靈運的《齋中讀書》、《讀書齋》、《登池上樓》、《命學士講書》、《晚出西射堂》等。詩人將永嘉郡視為窮海空林，因其民風之愚樸類似《莊子·外篇·山木》篇裡「其民愚而樸，少私而寡欲」的南越「建德之國」，[三] 以及《史記·周紀》裡因

【一】如蔣寅：〈「武功體」與「吏隱」主題的發展〉，載《揚州大學學報》二〇〇〇年第五期；〈古典詩歌中的「吏隱」〉，載《蘇州大學學報》二〇〇四年第二期；吳剛：〈韋應物「吏隱」的矛盾思想對其詩歌的影響〉，載《內蒙古民族大學學報》二〇〇六年第一期；劉紅霞：〈論唐詩中的吏隱主題〉，載《深圳大學學報》二〇〇九年第六期；杜學霞：〈朝隱、吏隱、中隱〉，載《河南社會科學》二〇〇七年第一期；汪國林：〈論白居易吏隱思想及其對宋代文人的影響〉，載《求索》二〇一一年第六期等等。

【二】此外，蔣寅早在《大曆詩風》（南京：鳳凰出版社，二〇〇九年）一書中曾提及韋應物在州縣官任上所作的詩，「不妨稱之為郡齋詩」（見頁九四）。查屏球也在《從遊士到儒士》（上海：復旦大學出版社，二〇〇五年）一書中提到「其時，地方長官的郡齋儼然已成為一個新的創作中心」，「郡齋詩作為一種新興詩歌類型，其於貞元初開始興盛也緣於此」（見頁五〇七），但都未展開論述。

【三】郭慶藩輯：《莊子集釋》（北京：中華書局，一九六一年），卷七上，《山木》第二十，頁六七一。

朝周而知禮讓的虞芮二國：「進德智所拙，退耕力不任。徇祿反窮海，臥痾對空林」，【一】「早蒞建德鄉，民懷虞芮意。海岸常寥寥，空館盈清思」，【二】這些詩可說是最早表明了自己以外郡為隱居的為官態度。同時他還描寫了出守永嘉郡時期清寂閒暇的日常生活：「矧迺歸山川，心跡雙寂寞。虛館絕爭訟，空庭來鳥雀。臥疾豐暇豫，翰墨時間作。」【三】這兩方面已經具備郡齋詩的基本內容。但是大謝在永嘉郡所作更多的是外出探幽尋勝的遊覽詩，視角集中於郡齋的很少。

謝朓繼大謝之後，更明確地提出了「既歡懷祿情，復協滄洲趣」【四】的吏隱觀念，並豐富了郡齋詩的內容和表現。一方面，作為郡守，適當表明自己務政「止貪」、「共治」的思想，是郡齋詩的題中之義，所以小謝的《始之宣城郡》就像是一篇對僚屬的表白。而《賦貧民田》也像大謝的《種桑》、《白石岩下經行田》一樣，是郡守巡視民田、關心農稼的公務之作。不過他更多的郡齋詩是從齋中遠眺的角度，描寫平野蒼莽的景色，山水觀賞中又可見郊野田園之趣。如《宣城郡內登望》、《冬日晚郡事隙》、《後齋迴望》、《落日悵望》、《高齋視事》、《郡內高齋閒望答呂法曹》等，多數從標題就可見出寫於郡齋，這種典型的郡齋詩正體現了小謝宣城山水詩的重要特色。其中有不少善寫平遠之景的名句，如「寒城一以眺，平楚正蒼然。山積陵陽阻，溪流春谷泉。威紆距遙甸，巉嵒帶遠天。切切陰風暮，桑柘起寒煙」，【五】「餘雪映青山，寒霧開白日。曖曖江村見，離離海樹出」，【六】「窗中列遠岫，庭際俯喬林。日出眾鳥散，山暝孤猨吟」【七】等等。而在寫齋中生活的同時，又比大謝增多了閒臥郡齋觀看庭院景色的描繪，如「案牘時閒暇，偶坐觀卉木。颯颯滿池荷，翛翛蔭窗竹。簷隙自周流，房櫳閒且肅」，【八】「落日餘清陰，高枕東窗下。寒槐漸如束，秋菊行當把」【九】等，都在清幽孤寂之中流露出歸心和鄉思，這類主題後來成為唐代郡齋詩的主要內容。

小謝之後，郡齋詩的創作十分寥落，僅何遜、劉孝綽存有零星篇章。初盛唐山水詩多作

【一】《登池上樓》，見顧紹柏：《謝靈運集校注》（鄭州：中州古籍出版社，一九八七年），頁六三。
【二】《遊嶺門山》，見《謝靈運集校注》，頁六〇。
【三】《齋中讀書》，見《謝靈運集校注》，頁六一。
【四】《之宣城郡出新林浦向板橋》，見曹融南：《謝宣城集校注》（上海：上海古籍出版社，一九九一年），頁二一九。
【五】《宣城郡內登望》，見《謝宣城集校注》，頁二二五。
【六】《高齋視事》，見《謝宣城集校注》，頁二八〇。
【七】《郡內高齋閒望答呂法曹》，見《謝宣城集校注》，頁二八二。
【八】《冬日晚郡事隙》，見《謝宣城集校注》，頁二二八。
【九】《落日悵望》，見《謝宣城集校注》，頁二三〇。

於江湖和別業，罕見於郡齋。直到韋應物大力創作郡齋詩，才接續了由二謝開創的這一詩歌傳統。筆者曾在《山水田園詩派研究》一書中指出韋應物「這種郡齋或縣齋中作的田園詩，大多將小謝宣城郡齋詩的表現方式和陶詩的田園風味相結合，為田園詩派增添了一種新的境界。小謝郡齋詩主要是抒寫一天公事完畢之後寧靜閒散的感受，在齋內或外出眺望所見的遠近風光，以山水為主。韋應物則多寫田園趣味」。【一】雖然較早地提出了「郡齋詩」的概念，但由於當時只是從山水田園詩的角度關注郡齋，沒有注意到「郡齋詩」在中晚唐的普遍性，因此有必要重新從一種詩歌類型的角度來加以考察。

「郡齋詩」的稱謂，最早見於大曆時期。皎然《奉酬于中丞使君郡齋臥病見示一首》說：「比聞朝端名，今貽郡齋作。」【二】李端《送元晟歸江東舊居》也說：「講易居山寺，論詩到郡齋。」【三】韋應物更是直稱郡齋詩為「郡齋什」：「繼作郡齋什，遠贈荊山珍。」【四】劉太真《與韋應物書》說：「顧著作來，以足下《郡齋燕集》相示，是何情致暢茂遒逸如此！」【五】說明「郡齋什」即「郡齋燕集」詩。他還有一首贈顧況的《顧十二況左遷過韋蘇州、房杭州、韋睦州三使君，皆有郡中燕集詩，辭章高麗，鄙夫之所仰慕。顧生既至，留連笑語，因亦成篇，以繼三君子之風焉》【六】，作於貞元五年任信州刺史時，從詩題可見顧況貶為饒州司戶途中每到一州都有郡中燕集詩，令劉太真十分仰慕。關於郡齋作詩的描寫在中晚唐詩中頗為多見。如白居易《重題別東樓》說：「太守三年嘲不盡，郡齋空作百篇詩。」【七】孟郊《春日同韋郎中使君送鄒儒立少府扶侍赴雲陽》：「太守不韻俗，諸生皆變風。郡齋敞西清，楚瑟驚南鴻。……酒酣正芳景，詩綴新碧叢。」【八】類似例子不勝列舉。元稹《代郡齋神答樂天》還設想出郡齋有神，也會來相伴吟詩的情景：「虛白堂神傳好語，二年長伴獨吟時。……為報何人償酒債，引看牆上使君詩。」【九】足見吟詩都感動了郡齋的神靈。所以權德輿《送司門殷員外出守均州序》囑咐對方到任後「郡齋佳句，佇與報政偕至」。【一〇】又《送當塗馬少府赴官序》

【一】見拙著《山水田園詩派研究》（瀋陽：遼寧大學出版社，一九九二年），頁三三二。
【二】見《全唐詩》（北京：中華書局，一九六〇年），卷八一五，頁九一七〇。
【三】見《全唐詩》卷二八五，頁三二五九。
【四】韋應物：《酬劉侍郎使君劉太真》，見孫望：《韋應物詩集繫年校箋》（北京：中華書局，二〇〇二年），頁四二八。
【五】見《全唐文》（上海：上海古籍出版社，一九九〇年），卷三九五，頁一七七七。
【六】見《全唐詩》卷二五二，頁二八四一。
【七】朱金城：《白居易集箋校》（上海：上海古籍出版社，一九八八年），頁一五六八。
【八】韓泉欣：《孟郊集校注》（杭州：浙江古籍出版社，一九九五年），頁三一二。
【九】見《全唐詩》卷四一七，頁四六〇三。
【一〇】見《全唐文》卷四九一，頁二二二一。

也預計馬生在當塗縣「郡齋言詩，幕廷主畫，雖欲勇退，其可逃乎？」【一】足見大曆以來郡齋言詩風氣之普遍，已經成為州縣官任上與政務並重的風雅韻事，也說明時人對於郡齋詩的概念是普遍認同的。

郡齋一般指州郡太守的官宅，但在中晚唐詩裡，也有一些送別縣級官吏的詩以郡齋言詩美其官任的，這或許是縣級官吏也常常成為郡齋燕集之座客的緣故。更重要的是不少作於縣衙官舍的詩歌和郡齋詩所表現的內容和審美情趣完全相同，差別只在州和縣而已。此外，中晚唐詩裡與郡齋意思相近的還有「官舍」一詞。官舍偶爾也指京城官員的邸舍，但絕大多數詩裡所說的官舍不是郡齋就是縣齋，所以這類作於官舍的詩和郡齋詩屬於同一類型。

「滄洲吏」的意思，早見於李白《酬談少府》：「壯心屈黃綬，浪跡寄滄洲。」【二】已將縣尉和滄洲並列。與劉長卿同時的李康成《玉華仙子歌》中還出現了「滄洲傲吏愛金丹」的說法。【三】但成為一個屢屢使用的稱謂，最早見於劉長卿詩。如《送路少府使東京便應制舉》：「誰念滄洲吏，忘機鷗鷺群？」【四】《題王少府堯山隱處簡陸鄱陽》：「故人滄洲吏，深與世情薄」【五】等等。這一稱謂的出現，顯然是來自謝朓的「既歡懷祿情，復協滄洲趣」。但是在使用中，更着重在「滄洲」一詞的遠離朝廷、隱逸江海的內涵。如「一官成白首，萬里寄滄洲」，【六】「已作滄洲調，無心戀一官」，【七】「白首看長劍，滄洲寄釣絲。沙鷗驚小吏，湖月上高枝」【八】等等。沙鷗、鷗鷺、垂釣等等在傳統的「滄洲」概念中，早已積累成象徵忘卻機心的意象。獨孤及甚至稱李太守去滁州是「滄洲獨往意何堅」。【九】把擔任郡守看成了莊子、抱朴子等道家所說的「離群而獨往」。

「滄洲吏」和「吏隱」雖然意思相同，但是「吏隱」含意較寬，有時指京官的「朝隱」，尤其是在初盛唐。如李嶠《和同府李祭酒休沐田居》：「列位簪纓序，隱居林野躅。徇物爽全

【一】見《全唐文》卷四九二，頁二二二四。
【二】王琦注：《李太白全集》（北京：中華書局，一九七七年），頁八七一。
【三】見《全唐詩》卷二〇三，頁二一二九。
【四】楊世明：《劉長卿集編年校注》（北京：人民文學出版社，一九九九年），頁八六。
【五】見《劉長卿集編年校注》，頁二二九。
【六】《松江獨宿》。此詩一作周賀，楊世明認為當是劉長卿作。見《劉長卿集編年校注》，頁八九。
【七】劉長卿：《送盧判官南湖》，見《劉長卿集編年校注》，頁一六二。
【八】劉長卿：《貶南巴至鄱陽題李嘉祐江亭》，見《劉長卿集編年校注》，頁二〇七。皇甫冉說：「郡吏名何晚，沙鷗道自同。」（《逢莊納因贈》，見《全唐詩》卷二五〇，頁二八三五）意思也相同。
【九】《答李滁州見寄》，見《全唐詩》卷二四七，頁二七七七。

直，棲真昧均俗。若人兼吏隱，率性夷榮辱。」【一】這裡所謂的吏隱只是朝中簪纓者在田居休沐。所以宋之問甚至說：「宦遊非吏隱，心事好幽偏。」【二】為了強調自己喜好隱居而不贊成把宦遊與吏隱等同起來。中晚唐詩裡的「吏隱」雖多見於外郡官吏，但仍有與「朝隱」同義的例子，如武少儀《王處士鑿山引瀑記》中所寫「司徒相國好山水之遊，深吏隱之興，啟沃多暇，不孤勝賞」，【三】是令人在別業中鑿山引水。白居易《和微之詩二十三首·和朝回與王煉師遊南山下》：「晨從四丞相，入拜白玉除。暮與一道士，出尋青溪居。吏隱本齊致，朝野孰云殊。道在有中適，機忘無外虞。」【四】所謂吏隱只是早上上朝，晚上和道士遊南山。林寬《和周繇校書先輩省中寓直》：「古木重門掩，幽深只欠溪。此中真吏隱，何必更岩棲。」【五】則是將台省值班也當成吏隱。而「滄洲吏」專指在京外郡縣任職的官吏，其吏隱心態也與朝隱式的吏隱不同。因此探討郡齋詩的創作，使用「滄洲吏」的稱謂比「吏隱」一詞更為確切。

最早將「滄洲吏」和謝朓的郡齋詩聯繫起來的也是劉長卿。他在《海鹽官舍早春》中自謂：「小邑滄洲吏，新年白首翁。一官如遠客，萬里極飄蓬。」【六】此詩即作於至德二載攝海鹽令的縣齋之中。在送別赴外郡就職的官吏時，他又往往以謝朓比喻對方，如《送柳使君赴袁州》說：「唯有郡齋窗裡岫，朝朝空對謝玄暉。」【七】《奉和趙給事使君》：「絳闕辭明主，滄洲識近君。雲山隨候吏，雞犬逐歸人。……玄暉翻佐理，聞到郡齋頻。」【八】劉長卿是在自己長期的「滄洲吏」生涯中發掘出謝朓這位郡齋中的知音的。雖然他沒有像韋應物那樣效仿謝朓大力描寫自己的郡齋生活，但還是在不少送人酬別或奉和之作中描寫了吏隱的趣味。如《留題李明府霅溪草堂》、《送台州李使君兼寄題國清寺》、《題元錄事開元所居》等等。事實上在劉長卿之後，這類在贈別或奉和詩中想像對方郡齋生活的詩篇愈益增多，也成為郡齋詩的重要組成部分之一，滄洲吏和郡齋的聯繫也因此而更加密切。如張籍《寄孫沖主簿》：「低折滄洲簿，無書整兩春。……道僻收閒藥，詩高笑故人。」【九】許渾《陪宣城大夫崔公泛後池

【一】見《全唐詩》卷五七，頁六八七。
【二】《藍田山莊》，見陶敏、易淑瓊：《沈佺期宋之問集校注（下）》（北京：中華書局，二〇〇一年），頁三七七。
【三】見《全唐文》卷六一三，頁二七四一。
【四】見《白居易集箋校》，頁一四八八、一四八九。
【五】見《全唐詩》卷六〇六，頁七〇〇四。
【六】見《劉長卿集編年校注》，頁一五四。
【七】見《劉長卿集編年校注》，頁四一三。
【八】見《劉長卿集編年校注》，頁四二六。
【九】見《全唐詩》卷三八四，頁四三二四。

兼北樓宴二首》其一自稱「一尉滄洲已白頭」。【一】李頻《送侯郎中任新定二首》其一：「為郎非白頭，作牧授滄洲。」【二】等等，都是直接以「滄洲」形容州縣官吏。因此可以說是劉長卿最早用「滄洲吏」這一稱謂勾勒了唐代郡齋詩創作主力的特定身分和心態。

綜上所論，本文將郡齋詩視為一種詩歌類型，指的是以出任郡縣的官吏為創作主體、在郡齋縣衙等官舍所創作的詩歌。其中相當一部分側重在描寫郡齋的日常生活和周邊環境、以及視外郡為隱居的為官態度，表現了「滄洲吏」的思想矛盾。由於與山水遊覽、別業隱居等創作環境相近的詩歌相比，在思想內容、表現重點和審美視野等方面都有其獨特之處（詳見本文第三部分），這部分作品可視之為典型的郡齋詩。而在郡縣任職期間外出遊覽山水的作品，更接近於遊覽題材，與郡齋詩尚有區別，一般不在本文的討論範圍內。還有許多送別州縣官吏的詩歌，雖然不作於郡齋，但是往往預想對方在郡齋的生活，內容與典型的郡齋詩相同，則會納入本文的視野。由於中國詩歌的創作現象豐富複雜，就像山水詩、行旅詩一樣，不少具體的作品很難作出確切的類型界分和統計，因此只能以典型的郡齋詩為討論重心。

大曆時期，與劉長卿同時而以郡齋詩著稱的是韋應物。他不僅在郡齋中召集文士燕集唱和，成為當時美談，而且與僧人道士往來唱酬，從各種角度描寫了自己在郡齋日常生活中的所見所感，反思為官理政之道，抒發懷鄉思歸之情，袒露進退出處的矛盾，還細緻描寫了郡齋中的景物，可以說是最典型的郡齋詩。同時代的李嘉祐、顧況、錢起、獨孤及、戴叔倫、羊士諤、皎然、于頔、以及至德到大曆前期歷任外郡的岑參也有內容類似而數量不等的郡齋詩。因此大曆時期可說是郡齋詩湧現的第一個高潮。此後中唐詩人延續這一創作傳統，至白居易、姚合時達到第二個高潮。張籍、王建、劉禹錫、韓愈、孟郊、元稹、令狐楚等都有一些郡齋詩，而以白居易的數量為最多，郡齋詩的內涵和表現潛力也在他手裡發揮到極致。此後還有賈島、馬戴、杜牧、許渾等著名詩人留下少數作品，至唐末作者復歸於寥落。郡齋詩在中晚唐發展的這一大勢與初盛唐別業詩的興盛形成一個對照，這一現象可以啟發研究者從中找到觀察唐代士人的創作環境和審美視野逐漸變化的新角度。

二

在確認了「郡齋什」和「滄洲吏」的概念內涵之後，進一步要問的就是郡齋詩為何在大曆後湧現，與「滄洲吏」的關係究竟如何？關於吏隱思想的分析，雖然已經有一些學者論及，

【一】羅時進：《丁卯集箋證》（南昌：江西人民出版社，一九九八年），頁二三五。

【二】見《全唐詩》卷五八九，頁六八三九。

不過從「吏隱」者為何視外郡為「滄洲」的角度來看，還有不少具體的原因可以探討。

其一，最基本的背景是中晚唐內外官的遷轉狀況以及文學之士吏道觀的改變，導致大曆以後文人任州縣官的人數大大增加。內官指朝廷京官，外官指京外地方官。關於唐人擇官普遍重內輕外的觀念，史書多有記載。【一】這是文人不願擔任外地吏職的基本原因。但當代史學界注意到，這種重內輕外的狀況主要見於初盛唐時期，到中晚唐便逐漸轉為重外輕內。【二】近年來國內一些學者分析這種變化的原因，綜合起來大致有兩方面：一是張九齡所建議的「不歷州縣不擬台省」的原則在唐中期尤其是德宗以後的選官制度中逐漸落實，州縣官的地位得到提升，而且對於文學出身的進士任職地方的要求也愈來愈嚴。【三】二是自大曆時起，外官的俸祿收入逐漸超過京官。早年陳寅恪先生曾比較史籍所載和白居易詩文所言之數，「據此可以推知唐代中晚期以後，地方官吏除法定俸祿之外，其他不載於法令，而可以認為正當之收入者，為數遠在中央官吏之上」。【四】當代學者認為這種情況始於大曆時，因宰相元載「以仕進者多樂京師，惡其逼己，乃制俸祿，厚外官而薄京官。京官不能自給，常從外官乞貸」。【五】加上安史之亂後，朝廷不斷削減京官俸祿，致使京官和外官收入差距拉大。【六】這些原因都導致中晚唐在外任州縣官的文學之士數量遠多於初盛唐時期。

與中晚唐時期內外官遷轉狀況的變化相應的是，文士的吏道觀也發生了重要變化。唐代士人求取仕進，不外乎文儒和吏道兩路，如張楚所說：「且今之執政，必也擇人，若非文儒，祇應吏道。」【七】「文儒」指儒學博通及文詞秀逸者，「吏道」指長於處理政事俗務者。由於盛

【一】如《舊唐書．韋嗣立傳》：「朝廷物議，莫不重內官，輕外職，每除授牧伯，皆再三披訴。」見《舊唐書》（北京：中華書局，一九七五年），頁二八六九。鄭處誨：《明皇雜錄》卷下：「開元中，朝廷選用群官，必推精當，文物既盛，英賢出入，皆薄其外任。雖雄藩大府，由中朝冗員而授，時以為左遷。」見《唐五代筆記小說大觀》（上海：上海古籍出版社，二〇〇〇年），頁九六七。

【二】承台灣大學高明士教授告知，日本學者對此早有相關研究。今查長部悅宏：《唐代州刺史研究》（日本《奈良史學》九號，一九九一年）根據郁賢皓《唐刺史考》加以統計，提出：唐代後半期京官遷轉為州刺史的例子有所增加並有向重要地區赴任的趨勢，是由於唐後半期改變了前半期輕視外官的風氣。

【三】參看王湛：〈「不歷州縣不擬台省」選官原則在唐代的實施〉，載《江西社會科學》二〇〇六年第十一期。張衛東：《唐代刺史選授制度論析》，載《求索》二〇〇九年第六期。

【四】陳寅恪：〈元白詩中俸料錢問題〉，見《金明館叢稿二編》（上海：上海古籍出版社，一九八〇年），頁六九。

【五】見《資治通鑒》（北京：中華書局，一九五六年），卷二一五，頁七二四三。

【六】參看賈豔紅：〈唐代擇官理念變化原因淺析〉，載《河北師範大學學報》二〇〇三年第三期。

【七】張楚：《與達奚侍郎書》，見《全唐文》卷三〇六，頁一三七七。

唐朝廷重視文儒，文士均由文儒一路求進，普遍輕視吏道。【一】尤其是縣一級官職，因為「出處兩不合」【二】而最為文士所鄙棄。蕭穎士的一段話頗能代表盛唐文儒之士的心態：「僕從來宦情素自落薄，撫躬量力，棲心有限。假使因緣會遇，躬力康衢，正應陪侍從近臣之列，以箴規諷諭為事。進足以獻替明君，退足以潤色鴻業，決不能作擒奸摘伏，以吏能自達耳。」【三】初盛唐的著名詩人不達者居多，除了儲光羲曾四任縣尉以外，長期擔任州縣官的很少。即使有過一兩期任職，往往不久就回歸別業隱居。高適作《封丘縣》，杜甫不就河西尉，都是不願任吏職的典型例子。大曆開始，一批長期擔任州縣官的士人成為中晚唐詩人的重要群體，這與安史之亂後時勢的變化有關：開元末到天寶年間，以張九齡為核心的朝中文儒遭到吏能出身的李林甫的慘重打擊，已經失勢，到安史之亂中更是一無所用。正如杜甫所歎：「嗚呼已十年，儒服敝於地。征夫不遑息，學者淪素志。」【四】至德到大曆年間，吏能之臣和勳臣把持了朝政，在盛唐時代接受文儒教育長大的士人只能面對現實，屈身求祿於州縣。同時身處禍亂之中，眼看民生凋敝，他們也有將自己的濟世大志落實到地方政治上的願望。加上安史之亂以後執政者愈益重視州縣官治理地方事務的能力，必然導致文人吏道觀的改變。儘管仍有儒士主張「獎儒術，抑吏道」，【五】但更多的文儒已經能夠適應時勢的變化，接受吏職，重視吏事。不妨將《全唐文》中以儒術吏道之標準評價人物的各類文章做個前後對比：初盛唐時能夠得到「儒林直秀，吏道旁精」【六】或者「爰資藝文，以飾吏事」【七】這類評價的人物僅七例（其中三例都出於蘇頲之筆）。而中晚唐時得到「皆業於儒術，傅以吏道」【八】或「博以文雅，濟以經術」、「貫達吏事」【九】這類評價的人物就近三十例。由此可以看出，中晚唐能「兼以儒

【一】參看拙文：〈盛唐「文儒」的形成和復古思潮的濫觴〉，見《詩國高潮與盛唐文化》（北京：北京大學出版社，一九九八年），頁二七四—二九九。

【二】王昌齡：《送韋十二兵曹》：「縣職如長纓，終日檢我身。……出處兩不合，忠貞何由伸。」見《全唐詩》卷一四〇，頁一四二七。

【三】蕭穎士：《贈韋司業書》，見《全唐文》卷三二三，頁一四四八、一四四九。

【四】《題衡山縣文宣王廟新學堂呈陸宰》，見仇兆鰲：《杜詩詳注》（北京：中華書局，一九七九年），頁二〇七九。

【五】李翰：《鳳閣王侍郎傳論贊》：「論曰：……常欲興禮制樂，簡刑寬政。獎儒術，抑吏道，正風俗，厚人倫。」見《全唐文》卷四三一，頁一九四二。柳冕《與權侍郎書》：「故吏道之理天下，天下奔競而無廉恥者，以教之者末也。」見《全唐文》卷五二七，頁二三七〇。

【六】嚴識元：《潭州都督楊志本碑》，見《全唐文》卷二六七，頁一一九七。

【七】蘇頲：《授崔縝太子舍人制》，見《全唐文》卷二五二，頁一一二六。

【八】崔嘏：《授蔡京趙滂等御史制》，見《全唐文》卷七二六，頁三三一四。

【九】賈餗：《贊皇公李德裕德政碑》，見《全唐文》卷七三一，頁三三四二。

術吏治」【一】的人物也大大增多，可見文儒之士鄙視吏事的觀念已經漸趨淡化。

以上的原因導致幾乎所有的中晚唐著名詩人都有京外郡縣任職的經歷，雖然如此，詩人們對於在外擔任吏職的感受卻是十分複雜。一方面，唐人擇官由重內輕外轉向重外輕內有一個漸變的過程。尤其在大曆時期，盛唐重文儒輕吏道的傳統觀念對文人仍有相當深的影響。劉長卿就說自己：「江海今為客，風波失所依。白雲心已負，黃綬計仍非。累辱群公薦，頻霑一尉微。去緣焚玉石，來為采葑菲。州縣名何在？漁樵事亦違。」【二】對於州縣仍然持「出處兩不合」的看法。再加上安史之亂後，朝廷加緊聚斂、賦稅愈益苛重，有良心的州縣官吏面對百姓的痛苦，更不能忍受公務的煎熬，希望辭官歸隱。元結《賊退示官吏》就說：「誰能絕人命，以作時世賢？思欲委符節，引竿自刺船。將家就魚麥，歸老江湖邊。」【三】在這種形勢下，在朝為官更令他們嚮往。韋應物的《答崔都水》對於在朝廷為郎官（建中二年四月韋任比部員外郎）的榮耀和在州郡的庸碌煩勞做過鮮明的對比：在朝是「名籍掛郎間」，「華簪耀頹顏」；在州郡是「甿稅況重疊，公門極熬煎」，因而表示「責逋甘首免，歲晏當歸田」。【四】同樣的心情，岑參在《郡齋閒坐》裡說得更直率：「負郭無良田，屈身狥微祿。平生好疎曠，何事就羈束。幸曾趨丹墀，數得侍黃屋。故人盡榮寵，誰念此幽獨。州縣非宿心，雲山忻滿目。頃來廢章句，終日披案牘。佐郡竟何成，自悲徒碌碌。」【五】直到晚唐，杜牧仍然說：「簿書刀筆，俗吏事耳，慈惠教化，君子宜之。二者較然，爾欲何取。」【六】認為即使在外郡，仍應以儒家教化為上，不應沉陷於簿書俗務。就連被人稱為「貫達吏事」的李德裕也曾說過：「予頃歲吏道所拘，沉迷簿領，今則憂獨不樂，誰與晤言？」【七】可見中晚唐的文學之士雖然接受了吏道，但內心仍然不喜簿領刀筆等俗吏之事。另一方面，由於中晚唐官僚政治的日趨黑暗，文士因貶謫而任職州縣的情況也很常見，而且所貶之地多為南方偏遠的「卑濕」之地。回想京官的榮寵，自然難免失意之感。如羊士諤在巴南的郡齋中懷念當初朝謁的風光：「夷落朝雲候，王正小雪辰。緬懷朝紫陌，曾是灑朱輪。……暗飛金馬仗，寒舞玉京塵。豸角隨中

【一】司空圖：《故太子太師致仕盧公神道碑》，見《全唐文》卷八〇九，頁三七七二。
【二】《罷攝官後還舊居留辭李侍郎》，見《劉長卿集編年校注》，頁一六二。
【三】見《全唐詩》卷二四一，頁二七〇五。
【四】孫望：《韋應物詩集繫年校箋》，頁三二九。
【五】見《岑參集校注》（上海：上海古籍出版社，二〇〇四年），頁二五一、二五二。
【六】杜牧：《李暨除絳州刺史魏中庸除亳州刺史曹慶除威遠營使等制》，見《杜牧全集》（上海：上海古籍出版社，一九九七年），卷十八，頁一七一。
【七】李德裕：《窮愁志序》，見《全唐文》卷七〇七，頁三二一八。

憲，龍池列近臣。……明廷猶咫尺，高詠愧巴人。」【一】依然對近臣的地位充滿眷戀。從王建《昭應官舍》所說「朝客輕卑吏，從他不往還」【二】可見，中唐時朝官輕視外地卑吏的狀況依然存在。因此在騷客逐臣看來，外郡相對於朝堂自然就是偏僻的滄洲了。

其二，在文人們的筆下，中晚唐的外郡，除了大郡和富郡公務繁忙以外，大多數地僻事簡。而且郡縣官中，有些職務實為閒官，如州司馬、縣丞一類。白居易《江州司馬廳記》就清晰地說明了州司馬地位的閒散無事及其原因：「自武德以來，庶官以便宜制事，大攝小，重侵輕，郡守之職，總於諸侯帥，郡佐之職，移於部從事。故自五大都督府至於上中下郡，司馬之事盡去，唯員與俸在。凡內外文武官左遷右移者遞居之，凡執役事上與給事於省寺軍府者遙署之，凡仕久資高耄昏軟弱不任事而時不忍棄者實蒞之。蒞之者，進不課其能，退不殿其不能，才不才一也。」【三】唯其如此，州司馬成為貶官的常見去處。劉長卿貶睦州司馬，永貞改革失敗後的八司馬事件，就是顯例。關於縣丞地位的尷尬，韓愈《藍田縣丞廳壁記》的描繪最為生動：「丞位高而偪，例以嫌不可否事。……官雖尊，力勢反出主簿、尉下。諺數慢，必曰丞，至以相訾謷。」文中主角崔斯立貶官轉為藍田縣丞，本來想有所作為，最後也只能在縣齋庭院內灌溉種樹，「日吟哦其間」。【四】州郡官吏中更有不少是朝廷清理出來的冗員，如權德輿《送當塗馬少府赴官序》說：「予始與馬生相遇於南徐州，皆以刊校冗員，涵泳文誼。生以既不得調，乃反初服與計偕予放浪於江湖間。」【五】如此閒散無事的州郡佐官確實與放浪滄洲無異。

所以中晚唐的郡齋詩對於「滄洲吏」逍遙閒散的生活狀態有許多描述：「郡僻人事少，雲山遮眼前。偶從池上醉，便向舟中眠。」【六】「雁過瀟湘更逢雪，郡齋無事好閒眠。」【七】「簿領幸無事，宴休誰與娛。」【八】「閒吟懶閉閣，旦夕郡樓中。」【九】「褰帷罕遊觀，閉閣多

【一】羊士諤：《巴南郡齋雨中偶看長曆是日小雪有懷昔年朝謁因成八韻》，見《全唐詩》卷三三二，頁三七〇八。

【二】見《全唐詩》卷二九九，頁三三九八。

【三】見《白居易集箋校》，頁二七九二。

【四】馬通伯：《韓昌黎文集校注》（香港：中華書局，一九七二年），頁五一。

【五】見《全唐文》卷四九二，頁二二二四。

【六】岑參：《郡齋南池招楊麟》，見《岑參集校注》，頁二七一。

【七】盧綸：《送從叔牧永州》見劉初棠：《盧綸詩集校注》（上海：上海古籍出版社，一九八九年），頁六二。

【八】楊於陵：《郡齋有紫薇雙本》，見《全唐詩》卷三三〇，頁三六八七。

【九】羊士諤：《郡樓晴望》二首其二，見《全唐詩》卷三三二，頁三七〇一。

沉眠。」【一】「獨臥郡齋寥落意，隔簾微雨濕梨花。」【二】「繞廳春草合，知道縣家閒。行見雨遮院，臥看人上山。」【三】因為人事和文書都少，官吏們似乎在終日高臥閒眠之外，就靠飲酒喝茶讀書下棋打發日子。如白居易自述：「何言太守宅，有似幽人居。太守臥其下，閒慵兩有餘。起嘗一甌茗，行讀一卷書。」【四】「仰望但雲樹，俯顧惟妻兒。寢食起居外，端然無所為。」【五】「職散優閒地，身慵老大時。送春唯有酒，銷日不過棋。祿米麞牙稻，園蔬鴨腳葵。飽餐仍晏起，餘暇弄龜兒。」【六】「睡足心更慵，日高頭未裹。徐傾下藥酒，稍爇煎茶火。誰伴寂寥身，無弦琴在左。」【七】來鵠甚至說自己實在閒極無聊，只好看蜘蛛結網消磨時日：「寂寞空階草亂生，簟涼風動若為情。不知獨坐閒多少，看得蜘蛛結網成。」【八】值得注意的是，以上詩例幾乎都是作於窮州僻縣。這些懶散生活的描寫或許是為了誇大遭黜被棄的寂寞無奈，但一般州縣的事簡人閒也確實給「滄洲吏」提供了類似「幽人居」的生活方式。

當然，一些大郡富郡就沒有窮州遠郡這樣清閒，白居易對二者的差別體會最深。他在蘇州時，忙得連宴客的功夫都沒有：「公門日兩衙，公假月三旬。衙用決簿領，旬以會親賓。公多及私少，勞逸常不均。況為劇郡長，安得閒宴頻。下車已二月，開筵始今晨。」【九】在杭州時則覺得閒忙適中：「俱來滄海郡，半作白頭翁。……霅溪殊冷僻，茂苑太繁雄。唯此（一作有）錢唐郡，閒忙恰得中。」【一〇】由此詩也可見出冷僻郡縣相當清閒，和繁雄大郡的忙碌適成對比。白居易雖然把杭州、蘇州、湖州這類富郡也稱為「滄海郡」，但在公務繁忙的生活中偶爾得一日醉樂或者山水之遊，其實質與身處朝廷台省的吏隱是一樣的。

其三，中晚唐外郡的地理環境差別很大，窮鄉僻壤的自然條件更接近遠離朝市的「滄洲」。從郡齋詩的作者來看，大郡和富郡固然有之，如韋應物、李諒、白居易曾刺蘇州，白居易和姚合曾先後出守杭州等，但這類美差即使在這些詩人的外任生涯中也不可多得。更何

【一】令狐楚：《夏至日衡陽郡齋書懷》，見《全唐詩》卷三三四，頁三七四四。

【二】呂溫：《道州郡齋臥疾寄東館諸賢》，見《全唐詩》卷三七一，頁四一七五。

【三】王建：《昭應官舍》，見《全唐詩》卷二九九，頁三三九八。

【四】白居易：《官舍》，見《白居易集箋校》，頁四三八。

【五】白居易：《招蕭處士》，見《白居易集箋校》，頁五八八。

【六】白居易：《官舍閒題》，見《白居易集箋校》，頁九五八。

【七】白居易：《郡齋暇日，辱常州陳郎中使君早春晚坐水西館書事詩十六韻見寄，亦以十六韻酬之》，見《白居易集箋校》，頁四三六。

【八】來鵠：《新安官舍閒坐》，見《全唐詩》卷六四二，頁七三五九。

【九】白居易：《郡齋旬假始命宴呈座客示郡寮》，見《白居易集箋校》，頁一三九九。

【一〇】白居易：《初到郡齋，寄錢湖州李蘓州，聊取二郡一哂，故有落句之戲》，見《白居易集箋校》，頁一三三一。

況大多數郡齋詩都出自較偏僻的州郡，其作者不乏因被貶而至遠荒者，尤以南方為多。白居易對於窮郡的描述頗為典型：「山上巴子城，山下巴江水。中有窮獨人，強名為刺史。時時竊自哂，刺史豈如是。倉粟餒家人，黃縑裹妻子。（原注：忠州，刺史以下，悉以畬田粟給祿食，以黃絹支俸。）莓苔翳冠帶，霧雨霾樓雉。衙鼓暮復朝，郡齋臥還起。回首望南浦，亦在煙波裡。而我復何嗟，夫君猶滯此。」【一】所以窮郡遠郡最能令人產生僻處滄洲的窮獨之感。不過這些地方雖然貧瘠閉塞，但往往自然風光優美，環境也可與隱居的滄洲相比。如岑參所在的虢州四圍是山：「水路東連楚，人煙北接巴。山光圍一郡，江月照千家。庭樹純栽橘，園畦半種茶。」【二】李嘉祐所在的宜陽近鄰瀟湘：「山臨睥睨恆多雨，地接瀟湘畏及秋。唯羨君為周柱史，手持黃紙到滄洲。」【三】獨孤及任舒州刺史時稱自己所在的郡齋正對潛山：「孰知天柱峰，今與郡齋對。隱嶙抱元氣，氤氳含青靄，雲崖媚遠空，石壁寒古塞。」【四】顧況筆下的漳州尚未開化：「猿吟郡齋中，龍靜檀欒流。薛鹿莫徭洞，網魚盧亭洲。心安處處安，處處思遐陬。」【五】等等。騷人逐客本來就遠離政治中心，加上貶所不是面對海崖，就是地接荒江，耳聞猿吟，眼觀山色，視郡齋為滄洲也是心理上的一種安慰。

其四，中晚唐的郡齋內多有園林式的庭院建築，其中的池亭泉石也給州縣官吏製造出一種彷彿「滄洲」的環境。從五代時南唐劉仁贍記述保大二年袁州郡齋重建的過程，可以窺見唐代郡齋的大體格局：「所建立郡齋使宅，堂宇軒廊，東序西廳。州司使院，備武廳球場，上供庫、甲仗庫，鼓角樓、宜春館，衙堂職掌，三院諸司，總六百餘間。仍添築羅城，開闢濠塹。」【六】儼然是結構繁複、門牆森嚴的衙門。危全諷在唐末中和五年任撫州刺史，重建被黃巢兵火焚毀的郡宅，雖是「草創公署」，尚有「（闕二字）重堂，傍豎廚庫。西廊東院，周回一百餘間」的規模，【七】太平年代的郡齋構造更是可想而知。而在郡齋使宅的堂宇軒廊之中，一般都有風景清幽的園林。如韋應物筆下的郡齋園林，有池塘亭閣泉水：「海上風雨至，逍遙

【一】白居易：《南賓郡齋即事寄楊萬州》，見《白居易集箋校》，頁五八七。

【二】岑參：《郡齋望江山》，見《岑參集校注》，頁四一七、四一八。

【三】李嘉祐：《暮春宜陽郡齋愁坐忽枉劉七侍御新詩因以酬答》，見《全唐詩》卷二〇七，頁二一六六。

【四】獨孤及：《酬皇甫侍御望天灊山見示之作》，見《全唐詩》卷二四六，頁二七六四。

【五】顧況：《酬漳州張九使君》，見《全唐詩》卷二六四，頁二九三七。

【六】劉仁瞻：《袁州廳壁記》，見《全唐文》卷八七六，頁四〇六〇。

【七】危全諷：《州衙宅堂記》，見《全唐文》卷八六八，頁四〇三一。參看同卷同頁危氏所作《重修撫州公署記》，也提到重建時「既復其形勝，又葉此夷隆，凡廨署之中，而公廳在首」，可見雖是「權宜制之」，也要恢復形勝。

池閣涼」，【一】「高閣收煙霧，池水晚澄清」，【二】「郡齋有佳月，園林含清泉」。【三】他還在滁州郡齋移植了杉樹：「結根西山寺，來植郡齋前。」【四】修建了模仿仙境的石橋：「遠學臨海嶠，橫此莓苔石。郡齋三四峰，如有靈仙跡。方愁暮雲滑，始照寒池碧。自與幽人期，逍遙竟朝夕。」【五】岑參的虢州郡齋同樣有池塘：「池色淨天碧，水涼雨淒淒。快風從東南，荷葉翻向西。」【六】戴叔倫也稱自己的郡齋「城欹殘照入，池曲大江通」。【七】劉禹錫記白居易的郡齋環境：「郡齋北軒捲羅幕，碧池逶迤遶畫閣。池邊綠竹桃李花，花下舞筵鋪彩霞。」【八】孟郊筆下的郡齋似乎就坐落在山林裡：「疏鑿順高下，結構橫煙霞。坐嘯郡齋肅，玩奇石路斜。古樹浮綠氣，高門結朱華。」【九】因此徐鉉稱讚「海陵郡中陶太守」的「精廬水榭」所說的「郡齋勝境有後池，山亭菌閣互參差」【一〇】這兩句詩，可以概括中晚唐郡齋庭園的常見格局。加上南方樹多，更添佳趣。如令狐楚、劉禹錫等都曾記載郡齋內栽有竹林、紫薇的景致，【一一】從朱慶餘《台州鄭員外郡齋雙鶴》和白居易《失鶴》詩以及李群玉《池州封員外郡齋雙鶴丹頂霜翎，仙態浮曠，罷政之日因呈此章》等詩還可見出，郡齋庭園裡有時還飼養仙鶴。這就使州郡「公府成佳境」，【一二】在郡齋之內就可以享受滄洲的樂趣。

除了郡齋之內的庭院外，有些州郡刺史還在郡內尋找佳境構築亭宇。如劉長卿任睦州司馬時，刺史蕭定就在附近山裡構築了一座幽寂亭：「康樂愛山水，賞心千載同。……結茅依

【一】韋應物：《郡齋雨中與諸文士燕集》，見《韋應物詩集繫年校箋》，頁四二四。

【二】韋應物：《郡齋感秋寄諸弟》，見《韋應物詩集繫年校箋》，頁二八三。

【三】韋應物：《荅崔都水》，見《韋應物詩集繫年校箋》，頁三二九。

【四】韋應物：《郡齋移杉》，見《韋應物詩集繫年校箋》，頁二九三。

【五】韋應物：《題石橋》，見《韋應物詩集繫年校箋》，頁三六六。

【六】岑參：《虢州郡齋南池幽興因與閻二侍御道別》，見《岑參集校注》，頁二八三。

【七】戴叔倫：《張評事涉秦居士系見訪郡齋即同賦中字》，見蔣寅：《戴叔倫詩集校注》（上海：上海古籍出版社，二〇一〇年），頁一二八。

【八】劉禹錫：《樂天寄憶舊遊因作報白君以答》，見陶敏、陶紅雨：《劉禹錫全集編年校注》（長沙：岳麓書社，二〇〇三年），頁五六。

【九】孟郊：《崢嶸嶺》，見《孟郊集校注》，頁三七九。

【一〇】徐鉉：《亞元舍人不替深知猥貽佳作三篇，清絕不敢輕酬，因為長歌聊以為報》，見《全唐詩》卷七五三，頁八五六九、八五七〇。

【一一】令狐楚：《郡齋左偏栽竹百餘竿，炎涼已周，青翠不改。而為牆垣所蔽，有乖愛賞，假（一作暇）日命去齋居之東牆。由是俯臨軒階，低映帷户，日夕相對，頗有翛然之趣》，見《全唐詩》卷三三四，頁三七四七。劉禹錫：《和郴州楊侍郎翫郡齋紫薇花十四韻》，見《劉禹錫全集編年校注》，頁二三三。《和令狐相公郡齋對紫薇花》，見《劉禹錫全集編年校注》，頁三五八等。

【一二】劉禹錫：《郴州楊侍郎翫郡齋紫薇花十四韻》，見《劉禹錫全集編年校注》，頁二三三。

翠微，伐木開蒙籠。孤峰倚青霄，一徑去不窮。候客石苔上，禮僧雲樹中。曠然見滄洲，自遠來清風。」【一】元結在道州右溪「疏鑿蕪穢俾為亭宇，植松與桂，兼之香草，以裨形勝」。【二】劉禹錫「元和十五年，再牧於連州，作吏隱亭海陽湖堧」【三】等等，這些野外的山亭或湖亭，將郡齋中的「滄洲」擴大到郡城周邊，為吏隱官員們在「地僻人遠，空樂魚鳥」的遠荒開闢出「別見天宇」【四】的山水勝境，消解了他們身處滄洲的落寞。

總之，中晚唐擇官觀念的變化致使擔任州縣官的文學之士數量大增、貶官冗員多發配外州乃至偏遠郡縣的制度、以及州縣中沒有實權的佐官事簡人閒的生活方式和寂寞失落的心理狀態，造成了文人們視外郡為滄洲的普遍觀念；同時，唐代郡齋多有山池亭閣的建築格局，與郡內的自然山水形成互補，也為文人們提供了在公務之餘享受滄洲趣的現實條件。於是，本來在盛唐文人看來「出處兩不合」的州縣官，便在中晚唐做到了出與處的平衡乃至融合。換言之，正是在郡齋的環境中，滄洲吏實現了與京官的「朝隱」形式不同的另一種吏隱。這些都是中晚唐郡齋詩和「滄洲吏」在大曆以後同步增多的原因。

三

由於唐代州郡有遠近、窮富、閒忙的很大差別，郡齋詩的創作也因場合的熱鬧或冷清而呈現出不同的心態。

郡齋詩的創作大抵有三種場合，一是「滄洲吏」在臥疾或獨居時為釋悶而作，有時也在閒暇時招當地可言詩的僧道或文人同作。如韋應物《郡齋贈王卿》、《寄恆璨》，前者在「秋齋雨成滯」，「幽獨歲逾賒」的境況中，想起有「出塵意」的朋友；後者則因為「今日郡齋閒，思問楞伽字」【五】而寄詩給對方，類似的還有《宿永陽寄璨律師》。他的《寄全椒山中道士》正是在「今朝郡齋冷，忽念山中客」的幽居場合寫出的名作。同時其親友也因為「愛我郡齋幽」而「詩興一相留」。【六】于鵠稱李太守「郡齋常夜掃，不臥獨吟詩。把燭近幽客，升堂戴接䍦」，【七】可見參與郡齋作詩的是性情相近的幽客。白居易《招蕭處士》是邀請當地的一位

【一】劉長卿：《題蕭郎中開元寺新構幽寂亭》，見《劉長卿集編年校注》，頁四二八。

【二】元結：《右溪記》，見《全唐文》卷三八二，頁一七一五。

【三】劉禹錫：《吏隱亭述》，見《劉禹錫全集編年校注》，頁一〇〇五、一〇〇六。

【四】引自《吏隱亭述》。

【五】《郡齋贈王卿》，見《韋應物詩集繫年校箋》，頁二七八。《寄恆璨》，見《韋應物詩集繫年校箋》，頁三四〇。

【六】韋應物：《送崔叔清遊越》，見《韋應物詩集繫年校箋》，頁四六四。

【七】于鵠：《夜會李太守宅（一作宿太守李公宅）》，見《全唐詩》卷三一〇，頁三四九九。

處士來一起飲酒賦詩：「庭前吏散後，江畔路乾時。請君攜竹杖，一赴郡齋期。」【一】姚合《送清敬闍黎歸浙西》稱「郡齋師去後，寂寞夜吟稀」，【二】則這位僧人當是平時常和主人一起郡齋夜吟的知己。這類場合的創作是郡齋詩的主流，最能反映作者的真實心境。

二是郡守在公務之暇或送別同僚時舉行燕集。如韋應物《郡齋雨中與諸文士燕集》記述當時的場景：「兵衛森畫戟，宴寢凝清香。海上風雨至，逍遙池閣涼。煩痾近消散，嘉賓復滿堂。……俯飲一杯酒，仰聆金玉章。神歡體自輕，意欲凌風翔。吳中盛文史，群彥今汪洋。方知大藩地，豈曰財賦疆。」【三】此詩向來被視為郡齋詩的典型，受到時人稱美。這種宴集不僅是嘉賓群集賦詩，也有景物的觀賞，所以他在回應劉太真的讚美時說：「高閒（一作山城）庶務理，遊眺景物新。朋友亦遠集，燕酌在佳辰。」【四】顧況也曾描述同樣的場景：「好鳥依佳樹，飛雨灑高城。況與二三子，列坐分兩楹。文雅一何盛，林塘含餘清。」【五】這類郡齋宴集除了作詩以外還有音樂的欣賞，如孟郊《夜集汝州郡齋聽陸僧辯彈琴》：「康樂寵詞客，清宵意無窮。徵文北山外，借月南樓中。」【六】有時甚至還有舞姬佐酒。如劉禹錫《酬竇員外郡齋宴客偶命柘枝因見寄兼呈張十一院長元侍御》：「分憂餘刃又從公，白羽胡床嘯詠中。彩筆諭戎矜倚馬，華堂留客看驚鴻。」【七】除了郡守公務餘暇的雅集，送別也是郡齋宴集的原因之一，如張登《冬至夜郡齋宴別前華陰盧主簿並序》的序文說：「范陽盧君道漳以適越，……

時日南至，登與賓客僚吏會別於郡齋，釃酒卜夜，夜艾酒酣而不能自已，故咸請詩之。由是探韻而賦。」【八】這類場合免不了人人都要分韻賦詩。此外，郡樓登眺之作可視為郡齋詩的擴大，這類詩也往往出於大規模宴集的場合，如于邵《九日陪廉使盧端公宴東樓序》：「封略既靜，公堂自閒，況重陽美景，得不為樂？大合賓佐，高張郡樓，紅塵發地，青山坰牧。連天漲海，來接蒼梧。憑高而翠靄轉微，送遠而白雁看沒，泛椒菊而算爵，顧絲桐而間奏。賓醉月上，主待露晞，想彭澤之獨遊，悵馬台之陳跡。今日之會，何其盛歟！」【九】從序文的內容

【一】白居易：《招蕭處士》，見《白居易集箋校》，頁五八八。
【二】吳河清：《姚合詩集校注》（上海：上海古籍出版社，二〇一二年），頁一〇〇。
【三】見《韋應物詩集繫年校箋》，頁四二四。
【四】韋應物：《酬劉侍郎使君劉太真》，見《韋應物詩集繫年校箋》，頁四二八。
【五】顧況：《酬本部韋左司》（一題作《奉和同郎中韋使君郡齋雨中宴集，時況左遷饒州》），見《全唐詩》卷二六四，頁二九三七。
【六】見《孟郊集校注》，頁一六九。
【七】見《劉禹錫全集編年校注》，頁一三三。
【八】見《全唐詩》卷三一三，頁三五二六。
【九】見《全唐文》卷四二六，頁一九二四。

以及現存的一些郡樓詩來看，在高處觀覽遠近景色是這類場合作詩的題中之義。郡齋燕集以唐代社會充裕的物質條件為基礎，以誇示地方的文雅盛事為娛樂，是唐代官場文人愛好詩酒雅集的傳統風氣中出現的新時尚。

三是在送別官員赴外郡任職的場合，往往在詩中預想其到任後的郡齋賦詩生活。如韓翃《送李中丞赴商州》：「郡齋多賞事，好與故人同。」【一】姚合《和王（一作劉）郎中題華州李中丞廳》：「蓮華峰下郡齋前，遶砌穿池貯瀑泉。君到亦應閒不得，主人草聖復詩仙。」【二】趙嘏《送滕邁郎中赴睦州》：「郡齋秋盡一江橫，頻命郎官地更清。星月去隨新詔動，旌旗遙映故山明。詩尋片石依依晚，帆掛孤雲杳杳輕。想到釣台逢竹馬，只應歌詠伴猿聲。」【三】賈島《送饒州張使君》：「道心生向前朝寺，文思來因靜夜樓。」【四】周繇《送江州薛尚書》：「郡齋多嶽客，鄉戶半漁翁。王事行春外，題詩寄遠公。」【五】無論作者是否有過郡齋生活的體驗，都認為郡齋是理所當然的吟賞煙霞、招攬幽客的作詩場所。這類場合所作的詩歌雖然與郡齋燕集一樣都是應酬，但會因送別對象境遇的差異而表現出不同的內容和心態。

三類場合雖有公私的差別，但是從以上的詩例可以看出，對於郡齋詩的內容應該側重在表現放浪形跡、逍遙山水的出塵之意，時人是有共識的。這種創作環境使「滄洲吏」們自然地接續了小謝開創的郡齋詩傳統。大曆以後，詩人們常在郡齋詩中提及小謝。如白居易讚美宣州崔大夫所作郡齋詩：「謝玄暉歿吟聲寢，郡閣寥寥筆硯閒。無復新詩題壁上，虛教遠岫列窗間（謝宣城郡內詩云：窗中列遠岫）。……再喜宣城章句動，飛觴遙賀敬亭山。」【六】白居易貞元十五年在宣州舉進士的詩題也是小謝的《窗中列遠岫》：「宣城郡齋在，望與古時同。」【七】許渾在《留別趙端公並序》中預想到任後將在郡齋「高榻留眠謝守窗」的情景。【八】趙嘏《寄盧中丞》也想像對方「獨攜一榼郡齋酒，吟對青山憶謝公」。【九】這種接續小謝創作傳統的自覺性，使中晚唐郡齋詩的題材範圍與小謝大致相近，即郡齋公務生活的描寫和隱居

【一】見《全唐詩》卷二四五，頁二七五六。

【二】見《姚合詩集校注》，頁四七二。

【三】見《全唐詩》卷五四九，頁六三五五。

【四】齊文榜：《賈島集校注》（北京：人民文學出版社，二〇〇一年），卷八，頁四三二。

【五】見《全唐詩》卷六三五，頁七二九三。同卷周繇：《送洛陽崔員外》：「日送歸朝客，時招住嶽僧。郡齋台閣滿，公退即吟登。」，頁七二九〇。

【六】白居易：《宣州崔大夫閣老忽以近詩數十首見示，吟諷之下，竊有所喜，因成長句寄題郡齋》，見《白居易集箋校》，頁二四二一。

【七】見《白居易集箋校》，頁二五九八。

【八】羅時進：《丁卯集箋證》，頁二三六。

【九】見《全唐詩》卷五五〇，頁六三七一。

情懷的抒發。公務生活多見於大郡和富郡的郡齋詩裡，如白居易在蘇州刺史任上就說：「候病須通脈，防流要塞津。救煩無若靜，補拙莫如勤。削使科條簡，攤令賦役均。以茲為報効，安敢不躬親。襦袴提於手，韋弦佩在紳。敢辭稱俗吏，且願活疲民。」【一】表現了郡守憂民勤政的責任感。只是這類內容相比隱居情懷的抒發要少得多。不過，中晚唐的「滄洲吏」們雖然以謝脁自比，企慕吏隱的雅趣，其郡齋詩的審美特徵和表現重點卻與謝脁有較大差異。最顯著的差別自然是上文所述產生於郡齋燕集和送別場合的這兩類，不見於小謝詩。這是唐代特有的時代條件和物質文明所造就的官僚文化在詩歌中的反映。但產生於這兩種集體創作場合的詩歌，應酬多於真情的抒發，並不是郡齋詩的主流。以下僅就產生於第一類場合的較為典型的郡齋詩說明其不同於小謝的特色。

其一，小謝雖然視外郡為滄洲，但視野主要在齋外風景的遠眺中展開，並未將郡齋視為「幽人居」。而在中晚唐不少詩人的筆下，更強調郡齋本身和隱居環境的相同，甚至達到渾然一體的程度。如：「及茲佐山郡，不異尋幽棲。小吏趨竹徑，訟庭侵藥畦。」【二】似乎小吏和訟庭都成了幽棲的組成部分。「訟堂寂寂對煙霞，五柳門前聚曉鴉。流水聲中視公事，寒山影裡見人家。」【三】縣官在訟堂辦公就像是在陶淵明的五柳人家觀賞山水。張謂羨慕其從弟官舍成為猿鳥的樂園，公事似乎就是賞花釣魚：「羨爾方為吏，衡門獨晏如。野猿偷紙筆，山鳥污圖書。竹裡藏公事，花間隱使車。不妨垂釣坐，時膾小江魚。」【四】所以在詩人們筆下，滄洲就在縣齋郡齋：「縣與白雲連，滄洲況縣前。」【五】「孤城臨遠水，千里見寒山。白雪無人唱，滄洲盡日閒。」【六】「孤城向夕原，春入景初暄。綠樹低官舍，青山在縣門。」【七】不但縣門郡門隱在青山白雲裡，而且郡齋裡裡外外也像隱者的居所：「官舍黃茅屋，人家苦竹籬。」【八】「郡清官舍冷，枕席濺山泉。」【九】李洞《春日隱居官舍感懷》乾脆稱官舍為隱居：「風吹燒燼雜汀沙，還似青溪舊寄家。入戶竹生床下葉，隔窗蓮謝鏡中花。苔房毳客論三學，雪嶺巢禽

【一】白居易：《自到郡齋僅經旬日，方專公務，未及宴遊。偷閒走筆題二十四韻》，見《白居易集箋校》，頁一六二四。
【二】岑參：《虢州郡齋南池幽興因與閻二侍御道別》，見《岑參集校注》，頁二八三。
【三】崔峒：《題桐廬李明府官舍》（一作《贈同官李明府》），見《全唐詩》卷二九四，頁三三四七。
【四】張謂：《過從弟制疑官舍竹齋》，見《全唐詩》卷一九七，頁二〇一九。
【五】黃滔：《寄湘中鄭明府》，見《全唐詩》卷七〇四，頁八一〇五。
【六】張喬：《郢州即事》，見《全唐詩》卷六三八，頁七三〇五。
【七】歐陽玭：《巴陵》，見《全唐詩》卷六〇〇，頁六九三七。
【八】白居易：《代書詩一百韻寄微之》，見《白居易集箋校》，頁七〇三。
【九】李洞：《送知己》，見《全唐詩》卷七二二，頁八二八六。

看兩衙。銷得人間無限事，江亭月白誦南華。」【一】這就完全隱去了官舍的世俗環境，使之成為真正的滄洲了。

其二，隨着官舍與隱居環境的趨同，「滄洲吏」也在郡齋詩中努力自塑隱士的角色，盡量淡化吏的世俗色彩，強化「隱」的清高姿態。如司空曙《寄衛明府常見短靴褐裘，又務持誦是以有末句之贈》描寫衛明府在官舍中的形象：「柴桑官舍近東林，兒稚初髻即道心。側寄繩床嫌憑几，斜安苔幘懶穿簪。高僧靜望山僮逐，走吏喧來水鴨沉。翠竹黃花皆佛性，莫教塵境誤相侵。」【二】儼然是一個終日誦經的褐衣居士，連小童、走吏都有了道心。既然郡齋遠離塵境，那麼齋中主人自然也都是滄洲傲吏，如：「郤顧郡齋中，寄傲與君同。」【三】「軺車忽枉轍，郡府自生風。遣吏山禽在，開罇野客同。」【四】「及此齋心暇，翛然與道俱。……跡似桃源客，身攖竹使符。」【五】「棲息絕塵侶，孱鈍得自怡。……腰懸竹使符，心與廬山緇。」【六】這些傲吏幾乎個個都是腰懸竹符的桃源中人。他們身穿的是荷衣：「田田池上葉，長是使君衣。」【七】手持的是經卷：「南國秋猶熱，西齋夜暫涼。閒吟四句偈，靜對一爐香。身老同丘井，心空是道場。」【八】交往的是禪僧：「以茲得高臥，任物化自淳。還因訪禪隱，知有雪山人。」【九】「官舍種莎僧對榻，生涯如在舊山貧。」【一〇】李商隱歌詠府主柳仲郢在公務之暇的風雅：「既而軍壘無喧，郡齋多暇。紗為管帽，布是孫衾。神仙中人，方其攜手；風塵外物，乃以關身。夢裡題詩，醉中裁簡，臨池筆落，動草琴休。」【一一】這段話其實也是對中晚唐郡齋詩中傲吏化身為隱士形象的一個全面描繪。姚合的《武功縣作三十首》從各個角度描寫自己任武功主簿三年期間，縣齋變成隱居、縣吏變為隱士的疏懶生活，可以說是集中地體現了中晚唐郡齋詩的以上特色，只是用「武功體」的獨特風格表現出來而已。

【一】見《全唐詩》卷七二三，頁八二九四。

【二】見《全唐詩》卷二九三，頁三三二五。

【三】戴叔倫：《九日與敬處士左學士同賦採菊上東山便為首句》，見蔣寅：《戴叔倫詩集校注》，頁二二九，此詩蔣寅認為難辨真偽，列為備考。

【四】戴叔倫：《張評事涉秦居士系見訪郡齋即同賦中字》，見《戴叔倫詩集校注》，頁一二八。

【五】羊士諤：《郡齋讀經》，見《全唐詩》卷三三二，頁三七〇四。

【六】韋應物：《郡內閒居》，見《韋應物詩集繫年校箋》，頁四〇六。

【七】姚合：《杭州郡齋南亭》，見《姚合詩集校注》，頁四三一。

【八】白居易：《郡齋暇日憶廬山草堂兼寄二林僧社三十韻多敘貶官已來出處之意》，見《白居易集箋校》，頁一一五一。

【九】皎然：《奉酬于中丞使君郡齋臥病見示一首》，見《全唐詩》卷八一五，頁九一七〇。

【一〇】鄭谷：《所知從事近藩偶有懷寄》，見《全唐詩》卷六七六，頁七七四五。

【一一】李商隱：《唐梓州慧義精舍南禪院四證堂碑銘（並序）》，見《全唐文》卷七八〇，頁三六〇九。文中稱道的「尚書河東公」，即時為東川節度使的柳仲郢。

而這些風雅傲吏表面上「理會是非遣，性達形跡忘」，【一】內心卻充滿出處之間的痛苦掙扎：「愧作拳僂人，沉迷簿書內。登臨歎拘限，出處悲老大。」【二】無辜被黜的怨恨：「身在薜蘿中，頭刺文案邊。……得罪為何名，無階問皇天。」【三】重返朝堂的企盼：「自愧朝衣猶在篋，歸來應是白頭翁。」【四】懷才不遇的憤慨：「不教才展休明代，為罰詩爭造化功。我亦思歸田舍下，君應厭臥郡齋中。」【五】其中以白居易和姚合對內心世界的剖析最為細緻，這也形成了他們的郡齋和縣齋詩不同於小謝的重要特點。

其三，小謝郡齋詩的視野中以山水為主，兼帶田園。中晚唐郡齋詩人裡雖有韋應物繼承了小謝的創作傳統，多寫自己在郡齋附近遊覽的山水田園景色，而且將其仕歷之內的縣齋和郡齋都寫成了田園。【六】但是韋應物以外的其他郡齋詩則很少描寫田園，就連身處僻縣的姚合，寫郊野《遊春十二首》，也只是注目於沿路的花草鶯蝶。更多郡齋詩的審美視野則轉向池亭，縮小到庭園的小趣味之中，境界也有趨同的傾向。不妨比較以下幾首集中描寫郡齋園池的詩歌：崔護《郡齋三月下旬作》：「春事日已歇，池塘曠幽尋。殘紅披獨墜，嫩綠間淺深。偃仰卷芳褥，顧步愛新陰。」【七】白居易《題西亭》：「西園景多暇，可以少躊躇。池鳥澹容與，橋柳高扶疎。煙蔓嫋青薜，水花披白蕖。何人造茲亭，華敞綽有餘。四簷軒鳥翅，複屋羅蜘蛛。直廊抵曲房，窗篠深且虛，修竹夾左右，清風來徐徐。」【八】白居易《郡中西園》：「閒園多芳草，春夏香靡靡。深樹足佳禽，旦暮鳴不已。院門閉松竹，庭徑穿蘭芷。愛彼池上橋，獨來聊徙倚。魚依藻長樂，鷗見人暫起。有時舟隨風，盡日蓮照水。誰知郡府內，景物閒如此。始悟喧靜緣，何嘗繫遠邇。」【九】姚合《郡中西園》：「西園春欲盡，芳草徑難分。靜語唯幽鳥，閒眠獨使君。密林生雨氣，古石帶潮（一作苔）文。雖去清秋遠，朝朝見白雲。」【一〇】這幾首詩寫景無論繁簡，無非都是根據園景的佈局，描寫花草林木禽鳥魚鷗的動態，以及閒遊其間享受靜趣的愉悅。寫多了就有雷同之感，這是由郡齋庭園本身的空間局限所決定的。

【一】韋應物：《郡齋雨中與諸文士燕集》，見《韋應物詩集繫年校箋》，頁四二四。
【二】獨孤及：《酬皇甫侍御望天灊山見示之作》，見《全唐詩》卷二四六，頁二七六四。
【三】顧況：《寄上兵部韓侍郎奉呈李户部、盧刑部、杜三侍郎》，見《全唐詩》卷二六四，頁二九三五。
【四】羊士諤：《郡齋感物寄長安親友》，見《全唐詩》卷三三二，頁三七一二。
【五】白居易：《答劉和州禹錫》，見《白居易集箋校》，頁一六一七。
【六】見拙著：《山水田園詩派研究》，頁三二一—三三二。
【七】見《全唐詩》卷三六八，頁四一四七。一作張又新詩。
【八】見《白居易集箋校》，頁一四〇一。
【九】見《白居易集箋校》，頁一四〇二。
【一〇】見《姚合詩集校注》，頁四三三。《文苑英華》卷三一七作許渾詩。

而更重要的原因是，詩人寫這類景物目的不在於像盛唐山水詩人那樣澄懷觀道、營造意境，而只求在池園小景中自適。正如白居易《官舍內新鑿小池》所說：「簾下開小池，盈盈水方積。中底鋪白沙，四隅甃青石。勿言不深廣，但取幽人適。泛灩微雨朝，泓澄明月夕。豈無大江水，波浪連天白。未如床席前，方丈深盈尺。清淺可狎弄，昏煩聊漱滌。最愛曉暝時，一片秋天碧。」【一】小園淺池有大江巨浪的壯偉景觀不能相比的地方，就因為近在窗下門前，朝夕相對，最能滌除公務的昏煩，在床薦之間就能體會幽人自適的情趣。韋應物《題石橋》也說：「郡齋三四峰，如有靈仙跡。……自與幽人期，逍遙竟朝夕。」【二】所以郡齋詩全面寫景的並不多，倒有不少借某些小景抒發適意一時的興致，如劉禹錫《和宣武令狐相公郡齋對新竹》：「新竹翛翛韻曉風，隔窗依砌尚蒙籠。數間素壁初開後，一段清光入坐中。欹枕閒看知自適，含毫朗詠與誰同。」【三】「適」的觀念原由莊子提出：「知忘是非，心之適也。」「始乎適而未嘗不適者，忘適之適也。」【四】兩晉玄學家討論《逍遙遊》，認為莊子談的根本問題是如何能達到「適」。支遁指出所謂逍遙，主要是「明聖人之心」，也就是心理上達到的一種「適」的境界。而「足」是「適」的前提，於是「適」和「足」相聯繫的觀念在東晉深入人心。【五】在晉宋到盛唐的山水詩裡，「無往而不適」主要表現在率性而行、隨興所至的閒遊中。如戴逵的《閒遊贊》所說：「況物莫不以適為得，以足為至。彼閒遊者，奚往而不適，奚待而不足。」【六】其理趣往往包含在山水田園詩的景物描寫裡。同時，「自適」也是一種安於貧賤、自甘淡泊的人生態度。如蘇軾所說：「靖節以無事自適為得此生，則凡役於物者，非失此生耶？」【七】大曆以後，這種含義漸漸為更多的詩人所闡發。如韋應物說：「吾道亦自適，退身保玄虛。」【八】張籍說自己安於窮居就是「適」：「貧賤易為適，荒郊亦安居。」【九】白居易

【一】見《白居易集箋校》，頁三六七。

【二】見《韋應物詩集繫年校箋》，頁三六六。

【三】見《劉禹錫全集編年校注》，頁四五五。

【四】見《莊子集釋》卷七上，《達生》第十五，頁六六二。

【五】參見本書〈蘇軾詩文中的理趣〉一文。

【六】見《全上古三代秦漢三國六朝文》（京都：中文出版社，一九八一年），「全晉文」卷一三七，第三冊，頁二二五〇。

【七】蘇軾：《題淵明詩二首》，見傅成、穆儔標點：《蘇軾全集（下）》（上海：上海古籍出版社，二〇〇〇年），頁二一一四。

【八】韋應物：《寄馮著》，見《韋應物詩集繫年校箋》，頁八五。

【九】張籍：《野居》，見《全唐詩》卷三八三，頁四二九四。

談得最多：「人心不過適，適外復何求。」【一】「至適無夢想，大和難名言。」【二】「身適忘四肢，心適忘是非。既適又忘適，不知吾是誰。」【三】達到至適的境界，也就體悟了莊子物我兩忘、泯滅是非的大道。在遊覽或閒居生活中的「適性」、「適意」和「自適」，一般都表現遠離塵俗的寧靜心境，或無欲無求的超脫恬淡。所以更着重於顯現詩中人物逍遙自得的意興，景物的欣賞和刻畫反倒在其次了。

而在郡齋庭院之外，由於郡樓登覽的視野開闊，有時倒能產生若干與盛唐山水詩風格近似的作品，這類詩一般的寫法是從居高臨下的角度靜態地鋪展遠近所見，概括本郡的風光特色。如羊士諤《郡樓晴望》二首、李咸用《登樓值雨》二首等。但也有一些類似的題目，內容從山水觀賞轉向民情風俗。寫富郡的如白居易的《重題別東樓》：「東樓勝事我偏知，氣象多隨昏旦移。湖卷衣裳白重疊，山張屏障綠參差。海仙樓塔晴方出，江女笙簫夜始吹。春雨星攢尋蟹火，秋風霞颭弄濤旗。宴宜雲髻新梳後，曲愛霓裳未拍時。太守三年嘲不盡，郡齋空作百篇詩。」【四】在杭州面湖帶山的春秋美景之中，是江女笙歌、萬人尋蟹、錢塘弄濤的熱鬧風俗。而寫遠郡的如劉兼《郡樓閒望書懷》：「郡城樓閣繞江濱，風物清秋入望頻。銅鼓祭龍雲塞廟，蘆花飄市雪粘人。蓮披淨沼群香散，鷺點寒煙玉片新。」【五】清秋風物中既有寒煙白鷺的江景，也有銅鼓喧鬧的廟宇，甚至有蘆花粘人的市集。這類寫景再也沒有盛唐山水詩清空悠遠的獨往之趣，卻融合了郡縣官吏理應關注的市聲民俗。

中晚唐郡齋詩的以上特點，使之成為不同於初盛唐別業詩的一種詩歌類型。筆者在二十年前（編按：一九九二年）也曾在《山水田園詩派研究》一書中提出過「別業詩」的概念。【六】認為從王績開始，原來在南朝分為兩路發展的山水和田園兩類題材在別業中合流。別業原意是本宅之外的別所。初盛唐別業既指士人家鄉祖業中的田居，又指官吏在自宅以外別置的園林或田莊。這類別業多帶田畝，某些顯貴的私園規模很大，連皇帝都帶大臣前往遊覽。朝官在休沐時住在別業，便自稱為「朝隱」。盛唐時京城內外一般士人也有別業，很多著名的山水詩和

【一】白居易：《適意》，見《白居易集箋校》，頁三一七。

【二】白居易：《春眠》，見《白居易集箋校》，頁三一五。

【三】白居易：《隱几》，見《白居易集箋校》，頁三一四。

【四】《白居易集》詩中有原注：「餘杭風俗，每寒食雨後夜涼，家家持燭尋蟹，動盈萬人，每歲八月，迎濤弄水者悉舉旗幟焉。」見《白居易集箋校》，頁一五六八。

【五】見《全唐詩》卷七六六，頁八六九七。

【六】此後也有學者對別業詩再加闡發。如李浩：《唐代園林別業考論》（西安：西北大學出版社，一九九六年）。斯蒂芬·歐文：《唐代別業詩的形成（上）》，《唐代別業詩的形成（下）》，陳磊譯，載《古典文學知識》一九九七年十一月及一九九八年一月。

田園詩就產生於別業之中。大曆以後，這類別業仍然存在，有時從詩裡描寫的「林亭」、「池亭」可以看出，實際上也是別業。但是中晚唐明確稱「別業」的詩作相當一部分見於送人歸鄉的場合，這種別業大多數指家鄉田莊，是士人歸隱後的所在。另外也還有一些地方官員在任所購置田園作為別業，其中也會寫到農事和田園風光。但像初盛唐文人那樣多在王侯巨卿的別業中歌詠朝隱的現象已不再成為主流。由此可以說，郡縣官舍已經成為中晚唐士人實現「吏隱」的另一類主要場所。但由於「滄洲吏」的心態變化，以及郡齋詩審美視野的縮小，其表現重點在於強化郡齋的幽居特性，刻意在公務環境中營造出對宦情的疏離姿態和幽人自適的小天地。除了韋應物常將郡齋描寫成田園以外，一般郡齋詩裡少見王、孟式的田園趣味，景物描寫多偏重於烘托傲吏的風雅形象和閒適情致，從而失去了盛唐別業詩那種澄懷觀道、空靜優美的典型意境。因此，郡齋詩雖然給「滄洲吏」提供了歌詠隱逸和欣賞自然的新角度，卻未能繼承盛唐別業詩融合山水田園題材的創作傳統。儘管如此，郡齋詩和別業詩的基本性質依然相似，都是企圖在吏和隱之間找到平衡，在官場庸碌昏煩的生涯中為詩人開闢一方心靈的淨土，反映了唐代特有的官僚制度、物質文明以及自然環境的綜合因素所造成的士大夫文化。

原載《北京大學學報》二〇一三年第一期

蘇軾詩文中的理趣

——兼論蘇軾推重陶、王、韋、柳的原因

歷來批評宋詩者，多引嚴羽《滄浪詩話》所舉「以文字為詩，以才學為詩，以議論為詩」【一】之弊，認為風氣大變於東坡、山谷。其實以文為詩在中唐已是普遍的現象，至宋方「成一代之大觀」，【二】差別在於唐人主要還是運文章之法入詩，而宋人則說理談禪，無所不至了。換言之，詩中出現大量理趣和理語。是東坡「自出己意以為詩」【三】的重要變化之一。詩歌一味說理使事，不問興致，如同科學論斷或思想推理，固是大病。但詩歌並不排斥哲理思辨。經過高度提煉以後的詩歌，如果能揭示出人生或自然現象中帶有普遍意義的東西，給人以哲理的啟示，往往可使詩意昇華到更高的境界。這種蘊含在詩歌感性觀照和形象描寫之中的哲理，便可稱之為理趣。一個長於哲學思辨的詩人，必然善於在生活中發現理趣，蘇軾便是如此。這又是他好在詩中說理的習氣帶來的好處。

當然，在蘇軾浩繁的詩文中，如果嚴格地篩除那些論道說理的詩篇，只取本非理題，亦不作理語，而是在描寫自然現象和人生感悟中自然流露理趣的作品，數量亦不算多。然而這類作品卻構成了蘇軾創作的一個鮮明特色。關於這一點，前人已經有不少論述。但這些作品中所包含的理趣的內涵是什麼？與蘇軾的人生觀和自然觀有什麼關係？有沒有更深的歷史淵源和哲學依據？以往多數論者都從蘇軾的佛學修養去探討。但筆者認為蘇軾對東晉以來玄學自然觀的發展有很深的理解。雖然玄與禪在唐代已經逐漸融合，有時似乎難以分辨，不過有些理念如果追溯到更遠的源頭，或許對理解蘇軾有更直接的幫助。

一

蘇軾富有理趣的代表作所蘊含的哲理雖然涉及社會、人生、自然等各個方面，但大多本於莊子「任自然」的宗旨，兼取禪宗的空幻之說，從宦海浮沉、貶謫遷徙的生涯或眼前景物、身邊小事悟出人生的偶然、世事的虛幻，追求自在一時的意趣，歸結到適意為樂、隨遇而安的處世哲學。

《和子由澠池懷舊》是蘇軾早年的名篇：「人生到處知何似？應似飛鴻踏雪泥。泥上偶然留指爪，鴻飛那復計東西。老僧已死成新塔，壞壁無由見舊題。往日崎嶇還記否，路長人困蹇驢嘶。」【四】這時蘇軾剛踏上仕途，尚未經歷人生的坎坷，只是因子由重過舊地而發歲

【一】嚴羽著，張健校箋：《滄浪詩話校箋》（上海：上海古籍出版社，二〇一二年）「詩辯」，頁一七三。

【二】趙翼：《甌北詩話》（北京：人民文學出版社，一九八一年），卷五，頁五六。

【三】見《滄浪詩話校箋》「詩辯」，頁一八一。

【四】見《蘇軾詩集》（北京：中華書局，一九八二年），卷三，頁九六。

月易逝、聚散無常之歎，但已從遊子到處留下的蹤跡裡隱隱悟出命運的某種偶然性和人生的空幻之感。由於詩人以生動的比喻高度概括了人們在追懷前塵舊蹤時所難免產生的無奈和悵惘，竟使詩中含有些許禪意。「雪泥鴻爪」也因此而成為一句著名的成語。所以有的注家引義懷《傳燈錄》，認為首四句出自義懷之語。王文誥駁得好：「凡此類詩，皆性靈所發，實以禪語，則詩為糟粕，句非語錄，況公是時並未聞語錄乎？」【一】詩人的感觸被注家附會成禪宗語錄，原因乃在其本身所深蘊的理趣。

與人生到處是偶然的感觸並生的是世事的虛幻之感：「到處相逢是偶然，夢中相對各華顛」，【二】「回頭樂事總成塵」，「聚散細思都是夢」，【三】人生聚散的頻繁，使前塵皆成舊夢。光陰苦短之感，也就分外痛切了：「光陰等敲石，過眼不容玩。親友如摶沙，放手還復散。」【四】可以說，「人生百年如寄耳」【五】的感歎貫穿在蘇軾一生的詩文之中。這類在前代詩歌中的老生常歎，到蘇軾詩中仍有警動人心的力量，不僅是因為與他一生的磨難緊密相連，而且因為他在借老莊釋氏之理參透人生之後，能消解人生煩惱，更加倍地珍惜人生，充分享受人生之美。他在《與王慶源書》其十一中說：「人生悲樂，過眼如夢幻，不足追。唯以時自娛為上策也。」【六】這段話簡要地概括了他的人生態度。蘇軾所說的「自娛」，雖然並不排斥醇酒美食，但主要還是山水和書畫文章。如他在《與子明兄一首》中所說：「吾兄弟俱老矣，當以時自娛。世事萬端，皆不足介意。所謂自娛者，亦非世俗之樂，但胸中廓然無一物，即天壤之內，山川草木蟲魚之類，皆是供吾家樂事也。」【七】因此，他有一些詩篇便在吟詠徜徉山水的樂事中自然流露出超然世外、適意自在的理趣。如《與王郎昆仲及兒子邁繞城觀荷花》其二：「清風定何物，可愛不可名。所至如君子，草木有嘉聲。我行本無事，孤舟任斜橫。中流自偃仰，適與風相迎。舉杯屬浩渺，樂此兩無情。歸來兩溪間，雲水夜自明。」【八】在雲水浩渺的空明夜色中，孤舟斜橫中流，偃仰自得，任意飄蕩，無心之間適與清風相迎的意趣，令

【一】見《蘇軾詩集》卷三，頁九七。
【二】蘇軾：《與莫同年雨中飲湖上》，見《蘇軾詩集》，頁一六四七。
【三】蘇軾：《至濟南，李公擇以詩相迎，次其韻二首》其二，見《蘇軾詩集》，頁七一五。
【四】蘇軾：《二公再和亦再答之》，見《蘇軾詩集》，頁六一四、六一五。
【五】蘇軾：《清遠舟中寄耘老》，見《蘇軾詩集》，頁二五五七。
【六】見《蘇軾文集》（北京：中華書局，一九八六年），頁一八一五。
【七】見《蘇軾文集》，頁一八三二。
【八】見《蘇軾詩集》，頁九八六。

詩人感受到在大自然中得大自在的快樂，彷彿進入了「泛若不繫之舟，虛而遨遊者也」【一】的境界。《六月二十七日望湖樓醉書五絕》其二也是寫一種自在之趣：「放生魚鱉逐人來，無主荷花到處開。水枕能令山俯仰，風船解與月徘徊。」【二】逐人而行的魚鱉，到處盛開的荷花，既是無主的景物，便是大自然的賜與。人枕船而臥，船隨水起伏，山亦隨之俯仰；船隨風飄轉，月影又隨之徘徊，人與船都處於與山水風月渾然一體的狀態。這種適意自在的理趣卻借山能聽令、船解逐月的擬人化動態寫出，便格外風趣有味。

蘇軾力求超然物外，但又能正視人生。因此他詩中的理趣，往往發自泠然獨往之趣，而歸結到社會人事之理。如《涵虛亭》：「水軒花榭兩爭妍，秋月春風各自偏。惟有此亭無一物，坐觀萬景得天全。」【三】巧詠「涵虛」之名，暗用「空故納萬境」【四】的玄理，寫出虛心澄懷方得天全，有意爭豔只得其偏的理趣。又如《唐道人言天目山上俯觀雷雨，每大雷電，但聞雲中如嬰兒聲，殊不聞雷震也》：「已外浮名更外身，區區雷電若為神。山頭只作嬰兒看，無限人間失箸人。」【五】唐道人所言本是一種自然現象，愈近雷區，響聲反不如遠處聽來驚人。蘇軾卻將它歸因於道人置身世外之故，由此引申出無慮無欲不求浮名者，雖雷電亦不能加威的人生哲理。蘇軾在大自然中領悟的理趣，在生活中又往往轉化為忘卻俗累、適意自足的人生哲學。如《獨覺》詩：「紅波翻屋春風起，先生默坐春風裡。浮空眼纈散雲霞，無數心花發桃李。儵然獨覺午窗明，欲覺猶聞醉鼾聲。回首向來蕭瑟處，也無風雨也無晴。」【六】「浮空」二句雖用《華嚴經》和道家元氣論的語詞，但寫的是爐邊取暖時，在默然獨坐、似睡非睡的狀態中，因心空而產生的藝術幻象。由於達到了渾然忘求之境，也就忘卻了風雨和晴日的差別。而忘記自然界的晴雨，正寄託了忘卻人生起落浮沉和仕途中陰晴變化的深意。對照詩題，又醒出對人生之理獨有所悟的含義。這首詩和他的《定風波》詞可以參看：「莫聽穿林打葉聲，何妨吟嘯且徐行。竹杖芒鞋輕勝馬，誰怕？一蓑煙雨任平生。　料峭春風吹酒醒，微冷。山頭斜照卻相迎。回首向來蕭瑟處，歸去，也無風雨也無晴。」【七】由於對一切順其自然，因而風雨既不足畏，晴日也不足喜。「也無風雨也無晴」雖然寓意顯豁，卻是本於超然物

【一】見《莊子集釋》（北京：中華書局，一九六一年），卷十上，《列御寇》第三十二，頁一〇四〇。

【二】見《蘇軾詩集》，頁三三九。

【三】見《蘇軾詩集》，頁六七三。

【四】蘇軾：《送參寥師》，見《蘇軾詩集》，頁九〇五、九〇六。

【五】見《蘇軾詩集》，頁四五六。

【六】見《蘇軾詩集》，頁二二八四。

【七】見《東坡樂府》（上海：上海古籍出版社，一九七九年），頁三二。

外的玄理。又如他的《安國寺浴》寫由洗澡得到的啟示：「心困萬緣空，身安一床足。豈惟忘淨穢，兼以洗榮辱。默歸毋多談，此理觀要熟。」【一】也是由浴後小憩的一時快意，生發出心靜便萬緣皆空，隨遇而安，一床之地即足的感觸，以及淨穢榮辱一洗而空的道理。

綜觀蘇軾以上作品，不難看出，其中蘊含的理趣集中體現了蘇軾對自然和人生的認識。即本着順應自然的原則，將生死壽夭、榮辱得失一概置之度外，坦然面對人生，在大自然中享受逍遙自在的快適，在生活中尋求身安自足的樂趣。這就是蘇軾詩文中理趣的主要內涵。

二

蘇軾詩文中理趣的主要內涵實際上包含着一個終極性的問題：即面對宇宙無限、人生有盡的現實，如何對待永恆與一時這對矛盾？蘇軾的《前赤壁賦》便是對這一問題的正面回答。在這篇賦中，「客」想到曹操這樣的一世英雄，也終究不免隨歷史消逝，而求仙長生又不過是徒然的幻想，不由得悲從中來。因而發出「哀吾生之須臾，羨長江之無窮」的歎息。「蘇子」便用水和月作比喻：「客亦知夫水與月乎？逝者如斯，而未嘗往也。盈虛者如彼，而卒莫消長也。蓋將自其變者而觀之，則天地曾不能以一瞬。自其不變者而觀之，則物與我皆無盡也，而又何羨乎？且夫天地之間，物各有主，苟非吾之所有，雖一毫而莫取。惟江上之清風，與山間之明月，耳得之而為聲，目遇之而成色，取之無禁，用之不竭，是造物者之無盡藏也，而吾與子之所共適。」【二】水在流逝，月有盈虛，是變化的；但水仍在此，月也沒有增損，又是不變的。從變的角度看，天地沒有一刻停滯，從不變的角度看，物我都是無盡的。這是從宇宙永恆的方面來説，指出所謂水和月的永恆其實也是由無數的「一時」組成的，也是不斷變化的。外物如此，從這個道理來看人，也同樣如此。所以物與我都是永恆的，不必為逝去的一切悲哀，還是「以時自娛為上策」，盡情享受眼前美好的景色，能在清風明月中適意為樂，也就使「人生須臾」的煩惱得到了消解。

《前赤壁賦》體現了作者達觀開朗、珍惜現時的精神，這是蘇軾獨有的魅力。但因為其中的哲理包含在水和月的比喻中，尚有言而未盡之處。特別是「物與我皆無盡也」以及「吾與子之所共適」【三】兩句，歷來解釋此賦者都不能説透。我認為只有理解了東晉以來山水文學的

【一】見《蘇軾詩集》，頁一〇三四。

【二】見《蘇軾文集》，頁六。

【三】此句的「適」字，據《朱子語類》卷一三四，謂曾見蘇東坡手寫本，作「食」字，即享用之意，用佛典語。故孔凡禮點校本改為「食」。但諸本原作「適」，而且蘇軾詩文中論「適」之處極多。

基本旨趣，才能對此文的理趣做出透徹的詮釋。

從漢代以來，關於宇宙悠久、人生短促的感歎，就成為詩文中的一個永恒主題。儘管「思欲登仙，以濟不朽」【一】的幻想世世代代生滅不已，但頭腦清醒的人們仍需面對人壽不永的現實：「人生不滿百，常懷千歲憂」，【二】「人生忽如寄，壽無金石固」。【三】漢人解決這一矛盾的辦法是：「晝短苦夜長，何不秉燭遊？」【四】以及時行樂來消除人生短暫的苦悶。這種蕩志佚遊的消極觀念在建安時期被徹底否定。徐幹説：「故司空潁川荀爽論之，以為古人有言，死而不朽，謂太上有立德，其次有立功，其次有立言。其身歿矣，其道猶存，故謂之不朽。」【五】這種三不朽的思想遂成為建安以後詩歌中最積極的精神追求。但由於聲名常在身後，而憂患總在生前，對精神永恒價值的肯定，雖然緩解了人壽不永的悲哀，卻不能給眼前的生活帶來實際的快樂。因而也沒有完全解決一時和永恒的矛盾，尤其是對於大多數並無三不朽的精神追求的士大夫來説，需要一種更切實地解除人生眼前煩惱的哲學。東晉玄言詩人們便求助於老莊，將人生放到宇宙生成、萬物變化的規律中去考察，以調和一時與永恒的矛盾。尋求人生的至足至樂，遂成為玄言詩探討玄理的一個新的命題。

玄言詩人提出這一命題，基於莊子哲學又有所發展。看到生老病死、天災人禍給人類帶來的憂慮煩惱，以及社會上虛偽貪婪、勾心鬥角的醜惡現象，莊子認為一切都起因於有所企求。因而提出了順應自然、無所期待、逍遙自得、遊於物外的思想。他所說的齊得失、一是非、各安其性、出於材與不材之間等問題，雖然根本目的都在養生全生，但並未解決如何在現實生活中尋求人生樂趣的問題。《莊子．外篇．至樂》篇否定了「身安厚味美服好色音聲」等天下人「所樂者」，認為「吾以無為誠樂矣，又俗之所大苦也。故曰：『至樂無樂，至譽無譽。』」【六】也就是說，至樂等於無樂。這種抽象的觀念並不能滿足人們實際生活的需要。所以從漢到魏晉的詩歌，凡是詠歎老莊哲理，主要取其遺榮逍遙、避禍養生的一面，

【一】嵇康：《四言詩贈兄秀才入軍詩》其七，見逯欽立輯：《先秦漢魏晉南北朝詩》（北京：中華書局，一九八三年），「魏詩」卷九，頁四八二。

【二】漢樂府《西門行》，見（宋）郭茂倩：《樂府詩集》（北京：中華書局，一九七九年），卷三十七，頁五四九。

【三】《古詩十九首．驅車上東門》，見（梁）蕭統：《文選》（上海：上海古籍出版社，一九八六年），卷二十九，頁一三四八。

【四】《西門行》，見《樂府詩集》卷三十七，頁五四九。

【五】徐幹：《中論．夭壽》，見（明）程榮纂輯：《漢魏叢書》（長春：吉林大學出版社據明萬曆新安程氏刊本影印，一九九二年），頁五七六。

【六】見《莊子集釋》卷六下，《至樂》第十八，頁六〇九、六一二。

而極少涉及人生至樂的問題。直到西晉末年郭璞的詩歌中，仍高唱着「嘯傲遺世羅，縱情在獨往」，[一]認為要躲避世間的「潛機」、「飛罾」和「亂離」，「未若遺榮，閟情丘壑。逍遙永年，抽簪收髮」。[二]至於解決人生苦短的辦法，只有「採藥遊名山，將以救年頹」，[三]企求服藥長生而已。郭璞的這些觀念，可以代表西晉末年至東晉中葉，玄言詩人對於道家哲學的一般理解。

東晉永和年間，在蘭亭盛會前後，玄言詩中開始出現了新的觀念。這就是將觀賞山水視為體會自然之道的一種重要方式，在良辰美景中逍遙自在，以領悟人生取樂一時與追求永恆的關係。這一新的觀念集中表現在王羲之的《蘭亭詩》五首[四]裡，前三首說：

悠悠大象運，輪轉無停際。陶化非吾因，去來非吾制。宗統竟安在，
即順理自泰。有心未能悟。適足纏利害。未若任所遇。逍遙良辰會。
三春啟群品，寄暢在所因。仰望碧天際，俯磐綠水濱。寥朗無厓觀，
寓目理自陳。大矣造化功。萬殊莫不均。群籟雖參差。適我無非新。
猗與二三子，莫匪齊所託。造真探玄根，涉世若過客。前識非所期，

虛室是我宅。遠想千載外。何必謝曩昔。相與無相與。形骸自脫落。

詩意是說，悠悠宇宙之間，萬物的變化如輪轉不停。既不取決於個人的原因，也非自己所能控制。掌握造化的統領並不存在。只有順從自然之理，才能得到安泰。倘若不悟此理，便會在「適」與「足」的問題上糾纏於世俗的利害。所以還不如任其所遇，在良辰美景中逍遙自在。春天萬物生長，正可暢心娛情。仰望碧天，俯遊水濱，寥廓的宇宙之間，凡是寓目之景都顯示着自然之理。造化之功至大至廣，均勻地賦與萬物。群籟雖然參差不齊，卻無處不適於我，處處都給人以新鮮的美感。以上兩首詩說明人們在領悟自然之道的同時，開始萌生了領略群籟的新鮮美感，標誌着玄學自然觀向山水審美觀的轉化。【五】而這種對造化規律的體悟

【一】郭璞：《遊仙詩》「暘谷吐靈曜」，見（唐）徐堅等編：《初學記》（北京：中華書局，一九六二年），卷二三，頁五五一。

【二】郭璞：《答賈九州愁詩》，見《先秦漢魏晉南北朝詩》「晉詩」卷十一，頁八六三。

【三】郭璞：《遊仙詩》「採藥遊名山」，見《初學記》卷二三，頁五五一。

【四】王羲之：《蘭亭詩》五首，參見《先秦漢魏晉南北朝詩》「晉詩」卷十三，頁八九五。

【五】參見本書〈東晉玄學自然觀向山水審美觀的轉化〉一文。

又是與東晉詩人對人生的思考緊密聯繫在一起的。所以第三首詩緊接着說，人們都將生死託與自然，細探玄理的根本。人之涉世真若過客般短暫。既不要期望瞭解前世，自己的家宅也只是虛室。遙想千載之外時空的悠遠，何必在意往昔的消逝。人之相與或不相與，都應放浪於形骸之外。由這首詩可以看出，詩人認為人生也是隨自然之道運轉，形骸的存在只是暫時的，永恆的虛空才是自己的家宅。瞭解「造化」對「萬殊」的均等之功，就不必為「千載」而糾結了。

在透徹地說明了人生雖然短暫，但也體現了「大象」陶化的規律，應當順其自然，不必為此勞心焦慮之後，王羲之又在第四首《蘭亭詩》裡進一步提出：「雖無絲與竹，玄泉有清聲。雖無嘯與歌，詠言有餘馨。取樂在一朝，寄之齊千齡。」既然人和萬物一樣均隨造化運轉，那麼在山水之間體道，取樂雖在一朝，卻也可與千載等量齊觀了。換言之，宇宙和大自然雖是永恆的，但短暫的人生也是這永恆之中的一部分。如果在一時的逍遙適意中，體會心靈與自然冥合無間的快樂，那麼「一朝」與「千載」就合而為一了。同樣的意思，在謝安的詩裡也有表露。《蘭亭詩》其二說：「相與欣佳節，率爾同褰裳。薄雲羅陽景，微風翼輕航。醇醪陶丹府，兀若遊羲唐。萬殊混一理，安復覺彭殤。」【二】在相與之人一起欣賞陽春美景、陶醉於醇酒之時，體會到萬物均歸於自然之理，哪裡還會覺察人的壽夭呢？其他作者的《蘭亭詩》雖不如王羲之說理那麼透徹，但也有不少篇章圍繞着遊覽之「欣」、「樂」可使人寄心於永恆的主題。如王凝之：「莊浪濠津，巢步潁湄。冥心真寄，千載同歸。」【二】虞說：「神散宇宙內，形浪濠梁津。寄暢須臾歡，尚想味古人。」【三】謝繹：「縱觴任所適，回波縈游鱗。千載同一朝，沐浴陶清塵。」【四】等等，主旨大抵與王、謝《蘭亭詩》相同，都是在遊賞寄暢的歡悅中體會「千載同一朝」的道理。這批《蘭亭詩》本於莊子任性逍遙、齊物混一的宗旨，將前代詩人借老莊哲學遺榮全生、滌慮釋累的主題轉移到正視人生、適意為樂的主題上，提出在山水遊樂中可領悟一時與永恆等同的觀念，在玄言詩的發展中是一個引人注目的變化。

由王羲之等人的《蘭亭詩》可以看出，他們所說的「取樂」、「寄暢」是以「適足」的觀念為前提的。而「適足」的觀念不但不見於《蘭亭詩》以前所有的詩歌，而且在莊子的內篇、外篇及雜篇中都找不到，可以說是東晉永和中玄言詩的新創。那麼這一觀念又是從何而來的呢？我在〈東晉玄學自然觀向山水審美觀的轉化〉一文中，曾論及東晉永和年間，在會

【一】謝安：《蘭亭詩》，見《先秦漢魏晉南北朝詩》「晉詩」卷十三，頁九〇六。
【二】王凝之：《蘭亭詩》，見《先秦漢魏晉南北朝詩》「晉詩」卷十三，頁九一二。
【三】虞說：《蘭亭詩》，見《先秦漢魏晉南北朝詩》「晉詩」卷十三，頁九一六。
【四】謝繹：《蘭亭詩》，見《先秦漢魏晉南北朝詩》「晉詩」卷十三，頁九一六。

稽形成了一個以支遁為核心，以王羲之、謝安、孫綽、許詢等人為骨幹的名士群體。支遁注釋《逍遙遊》，首先提出「適」與「足」的理論，王羲之、戴逵、慧遠等受到啟發，繼續發揮，遂促使玄言詩產生了觀賞山水的審美觀念。由於該文重點在山水審美意識與自然觀的關係，對於「適足」與「千載同一朝」的觀念之間的關係尚未解釋，這裡再做一些補充。

所謂「適」，在這裡是安適和樂的意思，《莊子・外篇・達生》說：「知忘是非，心之適也。」【一】即用此意。兩晉玄學家認為「適」就是《莊子・內篇・逍遙遊》裡提出的一種「乘天地之正，而御六氣之辯，以遊無窮者，彼且惡乎待哉？」【二】的境界，也就是順應自然本性，無待於物的逍遙自在的精神狀態。「足」是老子早就說過的「故知足之足常足」。【三】但莊子並沒有把「適」和「足」聯繫在一起。「適足」是東晉時期提出來的一個哲學命題，是由於支遁對《逍遙遊》作了不同於向秀、郭象的新解以後才形成的。兩晉玄學家討論《逍遙遊》，認為莊子談的根本問題是如何能達到「適」。但莊子說「無待於物」，即不依賴於一切外物的存在，這在實際上是做不到的，所以向秀、郭象的注解企圖說明「然物之芸芸，同資有待，得其所待，然後逍遙耳」。【四】但是他們在邏輯上又不能把有待和無待等同起來：「故有待無待，吾所不能齊也。」【五】這就未能講通莊子的「無待於物」。支遁從莊子的《山木》、《在宥》等其他篇章裡拈出「物物而不物於物」，借用佛教即色義中更為徹底的相對主義，將這一觀念移入《逍遙遊》裡對「無待於物」的解釋。「物物」就是善於憑藉於物，有待於物，「不物於物」就是心不役於物，這樣就能「逍然靡不適」。他還強調，不但要物物，而且要做到「足於所足，快然有似天真」，「苟非至足，豈所以逍遙乎」。【六】所以他指出所謂逍遙，主要是「明聖人之心」，也就是心理上達到的一種「適」的境界，而「至足」是「適」的前提。支遁此論跨過了郭象所未能逾越的邏輯障礙，使無待於物和有待於物完全等同起來，又在莊子著作中有據可循，令王羲之等非常欽佩。於是適和足相聯繫的觀念在東晉深入人心。戴逵的《閒遊贊》裡對這種觀念有更明確的發揮：「況物莫不以適為

【一】見《莊子集釋》卷七上，《達生》第十九，頁六六二。
【二】見《莊子集釋》卷一上，《逍遙遊》第一，頁一七。
【三】《道德經》第四十六章，見朱謙之：《老子校釋》（北京：中華書局，一九八四年），頁一八八。
【四】劉孝標：《世説新語．文學》注引向子期、郭子玄《逍遙義》，見余嘉錫：《世説新語箋疏》（上海：上海古籍出版社，一九九三年），頁二二〇。
【五】見《莊子集釋》卷一上，《逍遙遊》第一，郭象注，頁二〇。
【六】劉孝標《世説新語．文學》注引支遁《逍遙論》，見《世説新語箋疏》，頁二二〇。

得，以足為至。彼閒遊者，奚往而不適，奚待而不足。」【一】意思是對於外物，只要覺得適意就可以了，對於所處的境地只要能夠滿足就會自甘淡泊，自得其樂。「適足」的理論使人們對於物質世界持一種超然的態度，只要有這種態度，就可以達到無往而不適，無待而不足的境界。而在東晉文人閒遊山水的生活中，是最容易體會這種境界的。這就促使人們首先把求適求足的心情投入山水。

蘭亭詩人將人生一朝之樂與千載等同看待，正有賴於「適足」之理的啟示。因為「至足」便能「快然」，而「足於所足」就能處處不失其「適」，這就求得了人生的「至樂」。正如王羲之在《蘭亭序》中所說：「夫人之相與，俯仰一世，或取諸懷抱，晤言一室之內；或因寄所託，放浪形骸之外。雖趨舍萬殊，靜躁不同，當其欣於所遇，暫得於己，快然自足，曾不知老之將至。」【二】只有隨遇而安，才能欣於所遇。一時的欣然得意，使人快然自足，便忘卻了老之將至的悲哀。但王羲之這段話因為不見於《世說新語》劉孝標注而僅見於《晉書》，還存留了一個真偽之辯的老問題。自從郭沫若提出《蘭亭序》為偽作以後，【三】關於它的爭論至今沒有休止。商承祚、逯欽立等先生對郭氏之說已經做了有力的辯駁。【四】這裡不擬就此展開全面的討論，只想指出：本文論證「適足」之新觀念產生於支遁《逍遙論》及王羲之《蘭亭詩》的問題，也可作為證明《蘭亭序》絕非偽作的一個重要佐證。對照《蘭亭詩》與《蘭亭序》中「夫人之相與」一段，不難看出詩與序的思想和文字表達完全相符。序中所說的「夫人之相與，俯仰一世，或取諸懷抱，晤言一室之內；或因寄所託，放浪形骸之外」，即《蘭亭詩》其三中「猗與二三子，莫匪齊所託。造真探玄根，涉世若過客……相與無相與。形骸自脫落。」的意思。而序文中「欣於所遇，暫得於己，快然自足，曾不知老之將至」，即《蘭亭詩》其一「有心未能悟，適足纏利害。未若任所遇，逍遙良辰會」以及其四「取樂在一朝，寄之齊千齡」的意思。戴逵的《閒遊贊》裡所說的「物莫不以適為得，以足為至」以及

【一】戴逵：《閒遊贊》，見《全上古三代秦漢三國六朝文》（北京：中華書局影印光緒年間王氏刻本，一九五八年），「全晉文」卷一三七，頁二二五〇。

【二】王羲之：《三月三日蘭亭詩序》，見《全上古三代秦漢三國六朝文》「全晉文」卷二六，頁一六〇九。

【三】清代李文田《汪中舊藏定武蘭亭跋》已對《蘭亭序》提出懷疑。郭沫若又發表〈由王謝墓誌的出土論到蘭亭序的真偽〉（載《文物》一九六五年第六期），認為《蘭亭序》不是王羲之的原作。

【四】參見商承祚：〈論東晉的書法風格並及蘭亭〉，載《中山大學學報》一九六六年第一期；逯欽立：〈蘭亭序是王羲之作的，不是王羲之寫的〉，載《漢魏六朝文學論集》（西安：陝西人民出版社，一九八四年）等文章。

「奚往而不適，奚待而不足」，對以上意思有更明確的發揮。儘管王羲之和戴逵文中的觀念後來成為山水田園詩的基本旨趣，始終貫穿在從陶、謝到王、孟詩派的作品中。但在一個時期內，人們基於對人生和「化遷」的認識，集中探討以適為得、以足為至與欣於所遇、齊之千齡的關係，而且表達方式大致相同，卻僅見於東晉永和年至劉宋初的詩賦中。這就說明《蘭亭序》是產生於這個特定時期的作品。

在盛唐人的山水詩裡，「無往而不適」的理趣也是主要體現在率性而行、隨興所至的閒遊中。如劉長卿的《夜宴洛陽程九主簿宅送楊三山人往天台尋智者禪師隱居》：「此行頗自適，物外誰能牽。弄棹白蘋裡，掛帆飛鳥邊。」[一]即想像楊山人往天台山去一路蕩舟五湖，觀覽青山綠水、體會逍遙物外、無往不適的樂趣。又如韋應物的《東郊》中「楊柳散和風，青山澹吾慮。依叢適自憩，緣澗還復去。」[二]詩人說一路上遇到樹叢便靠着休息，遇到清澗便順着水流走去。從容領略了青山芳原、和風微雨洗淨世俗煩惱的快意。無論是行是止，都感到適意，因而心也隨着足跡在幽靜處屢行屢止，這就將何往而不適、何往而不足的理趣，融化在隨意漫步的行跡之中了。

「適」在中唐以後詩裡的含義逐漸豐富，在遊覽、閒居情景中的「適性」、「適意」和「自適」，一般都表現遠離塵俗的寧靜心境，如楊巨源所說：「境閒性方謐，塵遠趣皆適。」[三]或無欲無求的超脫恬淡，如樓穎所說：「愜心乃成興，澹然泛孤舟。……聊以恣所適，此外知何求。」【四】因而在這些詩裡的山水描寫中，常常顯現出詩中人物閒雲野鶴般的意態。如皎然所說：「忘歸親野水，適性許雲鴻。」【五】所以署名為司空圖作的《二十四詩品》中的「疏野」就說：「倘然適意，豈必有為，若其天放，如是得之。」【六】詩人對於適意的追求，反映在詩歌中，便形成「疏野」的藝術品味。同時，但求適意和適性在中唐以後也成為一種安於貧賤、自甘淡泊的人生態度。如張籍《野居》說：「貧賤易為適，荒郊亦安居。」【七】白居易詩

【一】楊世明：《劉長卿集編年校注》（北京：人民文學出版社，一九九九年），頁三四。
【二】陶敏、王友勝：《韋應物集校注》（上海：上海古籍出版社，一九九八年），頁四六三。
【三】楊巨源：《夏日苦熱同長孫主簿過仁壽寺納涼》，見《全唐詩》卷三三三，頁三七一五。
【四】樓穎：《伊水門》，見《全唐詩》（北京：中華書局，一九六〇年），卷二〇三，頁二一二八。
【五】皎然：《夏日集裴錄事北亭避暑》，見《全唐詩》卷八一七，頁九二〇六。
【六】司空圖：《二十四詩品》，見（清）何文煥輯：《歷代詩話》（北京：中華書局，一九八一年），上冊，頁四二。
【七】張籍：《野居》，見《全唐詩》卷三八三，頁四二九四。

對於「適意」和「適」的闡發最多：「人心不過適，適外復何求。」【一】「至適無夢想，大和難名言。」【二】「身適忘四肢，心適忘是非。既適又忘適，不知吾是誰。」【三】達到至適的境界，也就體悟了莊子物我兩忘、泯滅是非的大道。

回顧了從漢魏到東晉詩文中關於「一朝」與永恆的觀念發展的過程，以及唐代對「適意」、「適足」的理趣的發揮，再來看《前赤壁賦》，就很容易理解其中言而未盡的哲理了。客人「哀吾生之須臾，羨長江之無窮」的傷感，正是自漢以來詩文中持久地詠歎着的人生短暫、宇宙無盡的主題。「挾飛仙以遨遊」以及建立曹操式的功業，也正是漢魏以來文人所不斷探索的使人生不朽的兩種主要方式。客人對此均表示懷疑或否定，那麼這種傷感便只有用玄理來消解了。因此蘇子所說的「物與我皆無盡也」，包括兩層含義：一、人本是宇宙間的一粒微塵：「大哉天地間，此生得浮遊。」【四】同樣體現了悠悠大象輪轉不停的規律。如他在《與程秀才三首》其一中所說：「尚有此身，付與造物。聽其運轉，流行坎止，無不可者。」【五】所以與水和月一樣，有變和不變的兩方面，變即短暫，不變即永恆。所以「我」也可與物一樣，歸於無盡。二、在清風明月中適意為樂，「造化之無盡藏」使人的心靈在一時的快然自足中達到物我兩忘，與大自然冥合無間，也就進入了猶如「憑虛御風」、「羽化登仙」的永恆境界。由此可見，《前赤壁賦》實際上是以優美的散文詩的形式，對東晉以來山水文學的基本旨趣作了全面的總結。所以蘇軾詩文中的理趣，具有相當深遠的歷史淵源和玄學依據。

三

東晉玄言詩中確立的任情適意、逍遙自在、快然自足的基本旨趣，是與澄懷觀道、靜照忘求的山水審美觀照方式聯繫在一起的。因而這種旨趣自晉宋以來，主要被以陶、謝、王、孟、韋、柳為代表的山水田園詩人所繼承。蘇軾並不屬於這一詩派，但他對這種旨趣的理解極其深透。因而不但能在一些作品裡表現其中的理趣，而且在理論上十分推重陶、王、韋、柳的詩境。

蘇軾曾屢屢在詩文中表達他對魏晉風流的嚮往：「風流魏晉間，談笑羲皇上。」【六】「扁舟

【一】白居易：《適意二首》其一，見朱金城：《白居易集箋校》（上海：上海古籍出版社，一九八八年），頁三一七。

【二】白居易：《春眠》，見《白居易集箋校》，頁三一五。

【三】白居易：《隱几》，見《白居易集箋校》，頁三一四。

【四】蘇軾：《雪後至臨平》，見《蘇軾詩集》，頁五二八。

【五】見《蘇軾文集》，頁一六二八。

【六】蘇軾：《與梁先、舒煥泛舟》其二，見《蘇軾詩集》，頁七三八。

又截平湖去，欲訪孤山支道林。」【一】《和陶停雲四首》其四說：「對弈未終，摧然斧柯。再遊蘭亭，默數永和。夢幻去來，誰少誰多。彈指太息，浮雲幾何。」【二】仙界對弈未終，人間斧柯已爛。人生如夢幻、如浮雲般短促，只能以默念永和年間的蘭亭之遊來寬釋悲哀。可見蘇軾對人生和宇宙的通達認識確與蘭亭詩人有一脈相承的關係。支遁、王羲之提出心不役於物、適意至足為樂，蘇軾認為這種觀念正是陶詩的根本。《題陶淵明詩二首》其二說：「靖節以無事自適為得此生，則凡役於物者，非失此生耶？」【三】所以他在許多和陶詩中，反復強調「適」的觀念：「禽魚豈知道，我適物自閒。悠悠未必爾，聊樂我所然。」【四】魚鳥怎懂得大道，自己心中「適意」，萬物也自然閒適。他覺得自己不如陶淵明，主要還是達不到「適」的境界：「我不如陶生，世事纏綿之。云何得一適，亦有如生時。」【五】實際上蘇軾還是時時都在追求這「一適」的：「我行無南北，適意乃所祈。」【六】他還寫信勸誡友人：「能得吾性不失其在己，則何往而不適哉！」【七】而「適」與「足」是聯繫在一起的。所以在《超然台記》【八】裡他還充分闡發了適和足的關係。這篇記文主要圍繞着「超然」二字做文章，表明了自己淡泊自適、超然物外的人生態度。文章一開頭就說：「凡物皆有可觀。苟有可觀，皆有可樂，非必怪奇瑋麗者也。餔糟啜醨皆可以醉；果蔬草木皆可以飽。推此類也，吾安往而不樂？」這段話說明無論眼前所遇為何物，均能適足自安。既然自己無往而不樂，無物不可觀賞，甚至蔬食飲水都能感到滿足，那就不會沉溺在物欲之中，自然就達到了超然的境界。接着又指出「人之所欲無窮，而物之可以足吾欲者有盡」，物有盡而人之欲望無盡，就不可能感到至足，也就不會適意，這就進一步發揮了東晉人所說「足於所足」的意思。文章還以自己在密州的境況以及登台的觀感具體說明：只有在逆境中處之泰然、不介意物之美惡，將窮達榮辱置之度外的人，才可能逍遙自得，真正獲得內心的快樂。結尾又說：自己為台命名「超然」，是「以見余之無所往而不樂者，蓋遊於物之外也。」心不役於物，則無往而不適，無往而不足，這正是晉人的玄趣。蘇軾從「超然物外」的角度強調人的欲念無窮就不可能至足，必須知「足」，才能「適」，才能無往而不樂，這就把「適」與「足」的關係

【一】蘇軾：《九日尋臻闍黎》其一，見《蘇軾詩集》，頁五〇六。
【二】見《蘇軾詩集》，頁二二七一。
【三】見《蘇軾文集》，頁二〇九一。
【四】蘇軾：《和陶歸園田居六首》其一，見《蘇軾詩集》，頁二一〇四。
【五】蘇軾：《和陶飲酒二十首》其一，見《蘇軾詩集》，頁一八八三。
【六】蘇軾：《發洪澤中途遇大風復還》，見《蘇軾詩集》，頁二九二、二九三。
【七】蘇軾：《江子靜字序》，見《蘇軾文集》，頁三三三。
【八】見《蘇軾文集》，頁三五一、三五二。

闡發得更為透徹，而且明確地與人生如何求得「至樂」聯繫起來了。他甚至進一步把「足」字提升到道德的高度：「蓋君子小人之分，生於足與不足之間。若是足以已矣，而必為之節文。」【一】認為能不能知足，是君子和小人的分界。正是這「適足」的觀念，支撐着蘇軾以超然自得的態度度過了歷盡磨難的一生。

蘇軾不但深知「適足」之理，而且對靜照忘求的審美方式的理解也很透徹。《和陶歸去來兮辭》說：「廓圜鏡以外照，納萬象而中觀。」【二】《送參寥師》說：「欲令詩語妙，無厭空且靜。靜故了群動，空故納萬境。」【三】這正是支遁所說：「寥亮心神瑩，含虛映自然」，【四】王羲之所說「靜照在忘求」的發揮。東晉人觀照自然的方式到王維時又融入了南宗的自悟性空說，所以蘇軾將靜與空並提。他還通過題畫寫出了自己對空心靜照審美方式的體會。《書王定國所藏王晉卿畫著色山二首》其一說：「煩君紙上影，照我胸中山。山中亦何有，木老土石頑。正賴天日光，澗谷紛斕斑。我心空無物，斯文何足關。君看古井水，萬象自往還。」【五】詩中說紙上的山水乃觀者胸中山水的投影。又揶揄自己已經衰朽，猶如老木頑石，借日光才顯出斑斕色彩。最後說自己心中空無一物，如古井之水，能照見萬象。這就既稱讚了王晉卿所畫著色山能與自己心境暗合的妙處，又寫出了自己在畫山面前猶如面對大自然，萬象在心鏡中往還的「忘求」之趣。若非深諳靜照之理，便不可能在這樣曲折的正說反說中寫出觀畫的理趣。

由於蘇軾深切理解「適足」之樂和「靜照」之理，加上他本來性喜山水，內心有尋求超脫的一面，所以對山水田園詩派的泠然獨往之趣和自在之境十分愛好：「誓逃顏跖網，行赴松喬約。莫嫌風有待，漫欲戲寥廓。泠然心境空，彷彿來笙鶴。」[六]世俗中顏回這樣的大賢和盜跖這樣的大盜並存，詩人發誓逃離顏跖，去赴赤松子和王子喬這些仙人的約會，就是要逃離塵網，尋求「獨往」。像列子那樣「御風而行，泠然善也」，[七]漫遊於寥廓天府。那時心境清空，便如進入了彷彿有笙鶴來迎的仙境。[八]「願君營此樂，官事何時竟。思吳信偶然，出處付前定。飄然不繫舟，乘此無盡興。」[九]後一首詩作於潁州西湖。可見無論是在翰林還是

【一】蘇軾：《楊薦字說》，見《蘇軾文集》，頁三三四。
【二】見《蘇軾詩集》，頁二五六〇。
【三】見《蘇軾詩集》，頁九〇五、九〇六。
【四】支遁：《詠懷詩五首》其一，見《先秦漢魏晉南北朝詩》「晉詩」卷二十，頁一〇八〇。
【五】見《蘇軾詩集》，頁一六三八。
【六】蘇軾：《十月十四日以病在告獨酌》，見《蘇軾詩集》，頁一八〇七。
【七】見《莊子集釋》卷一上，《逍遙遊》第一，頁一七。
【八】據《列仙傳》，仙人王子喬好吹笙，乘白鶴。
【九】蘇軾：《次韻趙景貺春思，且懷吳越山水》，見《蘇軾詩集》，頁一八二五。

任外郡，他都有在山水之間的「泠然獨往」之興。領略靜照忘求的心性空境，以及不繫舟的飄然自在之樂，還是最合乎他本性的。這種對於東晉以來山水田園詩理趣的深刻理解，正是他推重陶、王、韋、柳的重要原因。他的《寄鄧道士》詩在序文中錄韋應物《寄全椒山中道士》詩，並說：「幽人不可見，清嘯聞月夕。聊戲庵中人，空飛本無跡。」【一】這雖是與鄧道士開玩笑，說鄧道士像全椒山道士一樣「無處尋行跡」，是獨往的幽人，但也可見出他對韋詩是從泠然獨往、虛空無跡的角度來欣賞的。所以他常以陶、王、韋自比：「前身陶彭澤，後身韋蘇州。欲覓王右丞，還向五字求。」【二】「老手王摩詰，窮交孟浩然。論詩曾伴直，話舊已忘年。」【三】後一首詩以王維自喻，以孟浩然喻王勝之。《與程全父十二首》其十一也說：「又書籍舉無有，惟陶淵明一集，柳子厚詩文數策，常置左右，目為二友。」【四】均可見其推重之意。可以說，陶、王、韋、柳一派在中國詩史上的崇高地位，是以蘇軾的理論奠基的。

但蘇軾雖然推重陶、王、韋、柳，也能在日常生活中或是遊覽山水時將他們的理趣化入詩裡，後人卻從未將蘇軾歸入這一派。即使是「和陶詩」，意趣也是同中有異。這與東晉玄言詩中的一些命題在傳承過程中不斷被後人發揮，不同時代的詩人對其玄趣的取捨不同有關。就千載和一時這對矛盾來說，從東晉詩人到陶、王詩派，主要是在追求心靈與自然的冥合中忘卻塵俗的煩惱，獲得與造化同在的永恆體認。所以他們的「適足」之樂主要是在山水田園的觀賞中尋求。而蘇軾則更偏重於得「一適」，並不着意追求與千載相齊的境界。對他來說，「凡物皆有可觀。苟有可觀，皆有可樂」，【五】甚至包括洗澡睡覺這類小事。所以他的「適足」之樂也不限於山水，而是擴充到世間生活的一切方面。

「適」對於蘇軾來說是一種畢生都在追求的超然豁達的人生境界。蘇軾更看重「一時」之「適」的原因，可以從他和陶淵明對永恆的不同看法中找到。陶淵明的《遊斜川詩》序文感歎：「悲日月之遂往，悼吾年之不留。」詩的結尾又說：「中觴縱遙情，忘彼千載憂。且極今朝樂，明日非所求。」【六】這種觀念和王羲之《蘭亭詩》裡的說法是完全一致的。由此可見陶淵明的生命觀和自然觀深受東晉主流思潮的影響。他在《形影神》三首的序文裡指出世俗中人無論貴賤賢愚，都忙着營求長生，吝惜生命，這是不明事理的。詩人認為這種刻意追求不

【一】蘇軾：《寄鄧道士並引》，見《蘇軾詩集》，頁二〇九七、二〇九八。
【二】蘇軾：《次韻黃魯直書伯時畫王摩詰》，見《蘇軾詩集》，頁二五四三。
【三】蘇軾：《至真州再和二首》其一，見《蘇軾詩集》，頁一二六〇。
【四】見《蘇軾文集》，頁一六二七。
【五】蘇軾：《超然台記》，見《蘇軾文集》，頁三五一、三五二。
【六】龔斌：《陶淵明集校箋》（上海：上海古籍出版社，一九九六年），頁八四。

符合順其自然的道理，反會導致傷生。所以先說形和影的苦處，然後作《神辨》以自然之理對它們進行開導：「大鈞無私力，萬物自森著。人為三才中，豈不以我故。與君雖異物，生而相依附。結託善惡同，安得不相語！三皇大聖人，今復在何處？彭祖愛永年，欲留不得住。老少同一死，賢愚無復數。日醉或能忘，將非促齡具？立善常所欣，誰當為汝譽？甚念傷吾生，正宜委運去。縱浪大化中，不喜亦不懼。應盡便須盡，無復獨多慮！」【二】「神」就是神思，是人的意識靈智，也就是佛教所說的靈魂。開頭兩句說天地造化沒有偏私，萬物自然林立，意即造化之力平均地施與萬物。同樣的意思王羲之在《蘭亭詩》裡也說過：「大矣造化功，萬殊莫不均。」然後「神」又說，人與天地成為三才，豈不是因為有我（靈知）的緣故嗎？我與你（指「形」）雖然是異物，但人一出生就相依附，因為連成一體所以善惡也相同，怎能不相交談呢？過去的三皇大聖人如今又在何方？傳說八百年的彭祖想永生世間也不可能。老少賢愚都是一死，已經不計其數。這個道理除非白天醉了能忘，平時老是想着不是更催人老去嗎？立善是我所欣喜的，但誰又來稱譽你？過於思慮這些只能傷生，應當任憑天命，暢遊在自然造化中，坦然面對生死，不懼不喜。生命應盡的時候自然會盡，不必為此多慮。由此三首詩可以看出，陶淵明以玄學的自然觀表明了他對於生命、聲名以及形神的看法。他既否定了神仙長生之術的虛妄，批評了世人庸俗的惜生心理，又認為形神一體，生時才相依附，形滅神滅，沒有脱離形體獨立存在的神，顯然不贊成慧遠的神不滅論。這些都是陶淵明獨具的卓識。不過，雖然他吸取了玄學的生命觀和自然觀，把生命的消逝視為自然規律，提出以乘化委運的態度透徹通達地對待生死問題，但又因為人之「神」只能與形體「生而相依附」，沒有獨立存在的永恆性，所以還是難免「甚念傷吾生」，不能真正做到「忘彼千載憂」。

蘇軾則認為「神」是天地之間的一種氣，它無處不在，日月山川和人都是這種「神」的外在形式。《問淵明》說：「子知神非形，何復異人天。豈惟三才中，所在靡不然。我引而高之，則為日星懸；我散而卑之，寧非山與川。三皇雖云沒，至今在我前。八百要有終，彭祖非永年。……委運憂傷生，憂去生亦還。縱浪大化中，正為化所纏。應盡便須盡，寧復事此言。」【二】蘇軾認為神並非僅僅附着於人，而是高可凝為日月星辰，低可散為山川大地。三皇雖然形體不存了，但既然至今還在眼前，那就説明其神依然存在。這段詩的意思，可與他在《潮州韓文公廟碑》中的一段話相印證：「孟子曰：我善養吾浩然之氣。是氣也，寓於尋常

【一】見《陶淵明集校箋》，頁六五。
【二】見《蘇軾詩集》，頁一七一六。

之中，而塞乎天地之間。……其必有不依形而立，不恃力而行，不待生而存，不隨死而亡者矣。故在天為星辰，在地為河嶽。幽則為鬼神，而明則復為人。此理之常，無足怪者。」【一】既然人只是氣之所凝，而這種氣又永存於天地之間，不待人之生死而存亡，當然與山川日月同屬永恆。這就是《前赤壁賦》中所說「物與我皆無盡也」這句話更深一層的潛台詞。由此出發，蘇軾認為陶淵明的乘化委運說也是不徹底的。太多考慮化遷的規律，實際上仍未擺脱人生應盡的煩惱。如果知道天、人之間沒有差異，物與我均可無盡，那麼連「應盡便須盡」這句話都是多餘的。所以蘇軾認為更重要的是「及時自娛」。

陶淵明所説的「神」，與蘇軾所説的「神」其實有所不同。它是針對慧遠的「神不滅」論而言的，指賦與形體以生命的靈智。蘇軾所説的神之永存，或許不能排斥佛教的影響，但是從以上詩文的語境來看，他將「神」看作「氣」，主要取自孟子，與中國哲學史上將「氣」視為萬物構成之本源的傳統認識有關。從「氣」的角度確立人生可以永恆的信念，這也是蘇軾的人生觀以儒道相濟的一種表現。至少可以為「一時」與「千載」相齊的觀念補充另一種哲學依據。正因如此，蘇軾既超然物外，又始終不放棄愛物之心。在《和陶讀山海經並引》詩中，他在自己和陶淵明之間加了一個葛洪：「愧此稚川翁，千載與我俱。畫我與淵明，可作三士圖。」【二】因葛洪是以出世為跡而以入世為心的。可見蘇軾雖然畢生都在表白歸隱之志，但歸根結底是入世的。儒家執着於現實的一面，使他在充分吸取東晉以來玄言詩和山水田園詩「適足」之理的同時，更偏重於對人生「一時」的珍惜。這種人生的「至樂」，充溢在他豐富多彩而又艱難備嘗的生活之中，隨時與理相觸發。所以蘇軾雖然推重陶、王、韋、柳，卻很少重複他們空靜的意境，而是以富有理趣的詩文佳作再現並發展了這一詩派的旨趣。

原載《學術月刊》一九九五年第四期

二〇一六年十月改定於北京

【一】見《蘇軾文集》，頁五〇八。

【二】《和陶讀山海經並引》，見《蘇軾詩集》，頁二一三〇。

作者簡介

葛曉音，女，一九四六年生於上海。一九六三年入讀北京大學中文系本科，一九六八年畢業。一九七九年考取北京大學中文系研究生，隨陳貽焮先生攻讀魏晉南北朝隋唐五代文學碩士。一九八二年畢業後留校任教。一九八五年任北大中文系副教授，一九八九年任教授，一九九三年任博士生導師。一九九三至一九九四年任日本東京大學文學部外國人教師。一九九七至一九九九年任東大人文社會系及文學部教授。一九九九年後仍回北大任教。二〇〇二至二〇〇五年兼任香港浸會大學中文系教授。二〇〇五至二〇一三年任北大中文系教授、浸大中文系講座教授。二〇一四年至今任北大中文系教授。

長期研究魏晉南北朝隋唐文學，兼及先秦詩歌及宋代散文。八十年代主要研究專題為漢魏六朝詩歌史，以及唐宋古文運動和八大家散文。九十年代側重在山水田園詩、初盛唐詩，以及唐代樂府文學。與東大教授戶倉英美合作研究日本雅樂與隋唐樂舞。本世紀開始轉移到先秦漢魏六朝詩歌體式原理的研究。近年來重點在唐代大曆詩歌及杜甫詩歌體式的研究。出版著作二十部，發表論文一百二十篇，鑒賞、雜評等文章約二百篇。專著、論文及學術工作獲獎計十五項。

著述年表

專著

1《八代詩史》，西安：陝西人民出版社，一九八九年，三五四頁。

2《唐宋散文》（簡體版），上海：上海古籍出版社，一九九〇年，一六四頁。

3《唐宋散文》（繁體版），台北：台灣國文天地，一九九二年，一六八頁。

4《山水田園詩派研究》，瀋陽：遼寧大學出版社，一九九二年，三六五頁。

5《李白之文——序表的譯注考證》（日文專著，與市川桃子合作），東京：汲古書院，一九九九年，四二九頁。

6《古詩藝術探微》（鑒賞文集），石家莊：河北教育出版社，一九九二年，三二七頁。

7《唐詩宋詞十五講》，北京：北京大學出版社，二〇〇三年，三七一頁。

8《唐詩宋詞的十五堂課》，台北：五南圖書出版有限公司，二〇〇七年，三二一頁。

9《八代詩史》（修訂本），北京：中華書局，二〇〇七年，二八九頁。

專著外文譯本

1《中國的山水田園詩》（《山水田園詩派研究》韓譯本），金永國譯，首爾：階伯出版社（도서출판 계백），二〇〇二年，六八〇頁。

2《漢魏晉南北朝詩史》（《八代詩史》韓譯本），姜必任譯，首爾：譯樂出版社（도서출판 역락），二〇一二年，六四二頁。

編校

1《中國文學史參考資料簡編》（上冊，先秦至五代文學史教材），北京：北京大學出版社，一九八八年，六二六頁。

2《中國的名勝古跡》（繁體版），台北：台灣商務印書館，一九九三年，一六四頁。

3《中國歷代女子詩選》，北京：北京大學出版社，一九九五年，一九一頁。

4《新編唐詩三百首》，保定：河北大學出版社，一九九五年，三四一頁。

5《中國的名勝古跡》（簡體版），北京：商務印書館，一九九六年，一九〇頁。

6《唐宋八大家》，北京：中國文聯出版公司，一九九六年，二一五頁。

7《資治通鑒新注》第五冊（卷一二四至一三八）注釋（與王春茂合作），西安：三秦出版社，一九九八年，四七〇頁。

8《中國名勝與歷史文化》（編著），北京：北京大學出版社，一九九九年，五三〇頁。

9《謝靈運研究論文選》（選編），桂林：廣西師範大學出版社，二〇〇一年，三一九頁。

10《杜甫詩選評》，上海：上海古籍出版社，二〇〇二年，二〇六頁。

11《中國歷代文學作品選》（與周先慎合作，教材），北京：北京大學出版社，二〇〇二年，四九七頁。

論文集

1《漢唐文學的嬗變》，北京：北京大學出版社，一九九〇年，四五八頁。
2《詩國高潮與盛唐文化》，北京：北京大學出版社，一九九八年，四六六頁。
3《先秦漢魏六朝詩歌體式研究》，北京：北京大學出版社，二〇一二年，四八三頁。
4《唐詩流變論略》，北京：商務印書館，二〇一七年，三六六頁。